U0927200

我读 Read

我想和你一起虚度时光

梁文道
主讲

凤凰书品 编

CNS
湖南文艺出版社
HUNAN LITERATURE AND ART PUBLISHING HOUSE

图书在版编目（CIP）数据

我读：我想和你一起虚度时光 / 凤凰书品编；梁文道主讲.
—长沙：湖南文艺出版社，2016.5
ISBN 978-7-5404-7545-1

Ⅰ.①我… Ⅱ.①凤… ②梁… Ⅲ.①书评—中国—现代—选集 Ⅳ.①G236

中国版本图书馆CIP数据核字（2016）第061242号

上架建议：大众文化

WO DU：WO XIANG HE NI YIQI XUDU SHIGUANG
我读：我想和你一起虚度时光

编　　者：凤凰书品
主　　讲：梁文道
出 版 人：刘清华
责任编辑：薛　健　刘诗哲
监　　制：蔡明菲　潘　良
特约策划：董晓磊
特约编辑：汪　璐
营销编辑：李　群
版式设计：利　锐
出版发行：湖南文艺出版社
（长沙市雨花区东二环一段508号　邮编：410014）
网　　址：www.hnwy.net
印　　刷：北京鹏润伟业印刷有限公司
经　　销：新华书店
开　　本：880mm × 1230mm　1/32
字　　数：181千字
印　　张：9
版　　次：2016年5月第1版
印　　次：2016年5月第1次印刷
书　　号：ISBN 978-7-5404-7545-1
定　　价：38.00元

质量监督电话：010-59096394
团购电话：010-59320018

目录

庆祝无意义

得未曾有

地文志

来自上都的行者

道德战争

为什么$E=mc^2$

庆祝无意义

《百年孤独》

小说家是造世者

加西亚·马尔克斯（Gabriel García Márquez，1927—2014），哥伦比亚作家，魔幻现实主义文学的代表人物，1982年诺贝尔文学奖得主。另著有《霍乱时期的爱情》《枯枝败叶》《没有人给他写信的上校》等。

在小说里创造一个截然不同的全新世界，这当然是一种巨大的野心，甚至是一种狂妄的傲气。有太多太多的作家失败了，而少数成功的人，就会留下像《百年孤独》这样的作品。

马尔克斯去世之后，一时间大家都在谈论他，及其对中国现当代文学的影响。要谈到这样一个影响，当然必须回到他的经典名著《百年孤独》。

《百年孤独》为什么那么有魔力？回答这个问题就必须回到这本小说有名的开头。在20世纪80年代，很多中国作家都被《百年孤独》开头的三句话震撼得不得了：

多年以后，面对行刑队，奥雷里亚诺·布恩迪亚上校将会回想起父亲带他去见识冰块的那个遥远的下午。那时的马孔多是一个二十户人家的村落，泥巴和芦苇盖成的屋子沿河岸排开，湍急的河水清澈见底，河床里卵石洁白光滑宛如史前巨蛋。世界新生伊始，许多事物还没有名字，提到的时候尚需用手指指点点。

这是范晔译本的开头。严格来讲，小说第一句虽然特别，但还不至于太特别，可是加上小说完整的风貌，就会显出一种独特的魔力。这股魔力对20世纪80年代与当代世界文坛隔绝已久的中国文学界来说，套一句俗话，真如一股春风吹拂着大地。很多现在中国一线作家的成名作里都有马尔克斯的影子，有《百年孤独》的影子，有《百年孤独》开头那一段的影子。

为什么这三句话这么有魔力？我们先来看头四个字——“多年以后”。对小说来讲，这个开头并不算很特别，但也不常见。小说的叙事时间和故事时间往往不一致，存在一个时间的错位，常见的方式是倒叙，即把时间拉回到很多年以前。《百年孤独》的不寻常在于，它在叙事开始时把要描述的故事事件放到了多年以后。

多年以后出了个什么事？我们看到奥雷里亚诺·布恩迪亚上校——这本书的头号主角——面对着行刑队，即将被枪决。这时我们自然会想，要被枪决的男主角是什么人？他到底犯了什么错？他后来有没有死呢？我们以为作者接下来大概要讲这件事。他当然要讲，但是别急，你看他开头全句说的是：“多年以后，面对行刑队，奥雷里亚诺·布恩迪亚上校将会回想起父亲带他去见识冰块的那个遥远的下午。”于是，时间一下子又跳到过去，我们跟着主角在面临死刑时的回忆又跳回到他很小的时候，那时他要跟着爸爸去认识一种他还没见过的新鲜事物。一句话里，时间摆了两次，给人一种恍惚感，更巧妙的是，这个摆动发生在生与死之间，发生在一个生命刚刚步入世界与即将遭遇毁灭之间。

接下来第二句："那时的马孔多是一个二十户人家的村落，泥巴和芦苇盖成的屋子沿河岸排开，湍急的河水清澈见底，河床里卵石洁白光滑宛如史前巨蛋。”原来故事的发生场合是这样一个村子。但这句话没有解释，布恩迪亚上校的爸爸要带他去什么地方见识冰块。哥伦比亚在南美洲，到哪里能看到冰块呢？作者并没有说明。但我们恍然觉得可能跟马孔多村的河水有关，仿佛冬天结束了，春天刚刚开始，冰雪融化，河水解冻，在河的上游还能看到一些冰块。

河水很急，那些被河水日久冲刷的石头被磨成了卵石，作者形容它们像史前巨蛋——就好像远古时期恐龙下的蛋。如果我们把冰块和巨蛋合起来联想，时间好像一下子从上校面临死刑的刹那，跳回到恐龙刚刚灭绝、冰河时代刚刚结束的世界新生状态。是不是这样呢？果然，接下来的第三句话说："世界新生伊始，许多事物还没有名字，提到的时候尚需用手指指点点。”这句听起来十分震撼，仿佛在说世界刚刚诞生，人类刚刚出现，语言也是一个新生事物，所以人类还来不及为世界上不同的东西命名，要用手指指点点。

这三句话构成的开头，合起来重新看一遍，你会不会觉得不可思议？因为第一句话里的男主角既然有上校头衔，那么他所在的时代肯定已经有军队、有社会体制了。他还面对着行刑队，那么大概也有火枪了。然而这位上校回忆起很多年前的那个下午，居然是一个语言尚未发育完备的洪荒时代。在这个小说的世界里面，时间浓缩得太厉害，光是这个开头就让我们感受到什么叫魔幻了。

但如果只有魔幻的话，就不会有后来我们熟悉的一个名称，叫作魔幻现实主义。既然马尔克斯的《百年孤独》被认为是魔幻现实主义的经典，那么现实又体现在什么地方呢？其实也同样出现在开头的第一句话里。

小说头号主角奥雷里亚诺·布恩迪亚是一位上校。大家都知道什么是上校，但有没有注意到亚非拉世界有一个很奇怪的现象，就是有数不清的上校？那里有太多的革命家，他们领导打游击战，推翻他们反对的政府，但他们的军衔都不是什么将军元帅，而往往是少校上校。这些少壮派军官多数思想前卫，年富力强，比较激进，不满现状，是最敢行动、最好战的一群人。拉丁美洲又更特别，那里的革命游击队都带着左翼的社会主义色彩，同时又有强烈的民族主义色彩。领袖人物即便地位越来越高，甚至夺得大权，也不愿意看到对自己的个人崇拜变得太过夸张。

如果你熟悉这个现实背景，看到奥雷里亚诺·布恩迪亚上校这个名字的时候，你就会产生很多联想。说不定他就是那种游击队的领袖人物，但是他革命失败了，抑或是成功之后却再次被推翻，所以要被行刑队处决。行刑队这个字眼表面上听起来没什么了不起，就是执行死刑的一队士兵，但是在拉丁美洲的社会历史里，所谓行刑队一般是指各个国家的独裁军政府，他们最常用的一种恐怖手段，就是将异见分子抓起来执行枪决。在拉美，人人都知道行刑队这个字眼指的是独裁政府手下的鹰犬，是一股恐怖的镇压势力。

这时我们就能感觉到，这个小说不只魔幻那么简单，它还要跟现实发生种种联系，只不过这些现实联系是以一种魔幻的方式来处理的。比如小说中的香蕉公司，其原型就是美国联合果品公司[1]。历

[1] 美国联合果品公司（United Fruit Company，1899—1970），成立于1899年，由美国资本家基斯（Minor C. Keith）的香蕉公司和普利斯通（Andrew W. Preston）的波士顿果品公司合并而成，之后开始走上操控中美洲国家乃至整个拉丁美洲地区经济的殖民扩张道路，联合当地腐败政府压榨财富。其经营方式被批评为新殖民主义，是跨国公司干涉国际政治的原型。其掌控下的这类中南美洲国家则被称为“香蕉共和国”。

史上，美国联合果品公司在拉丁美洲垄断各国国家经济，如果这些国家的国民试图推翻该外来企业的霸权，就会遭到美国中情局支持的当地军政府的屠杀镇压。这些都是现实中真实发生的事件。

马尔克斯当年是一个坚定反美、倾向社会主义的知识分子，而且跟古巴的卡斯特罗是一辈子的好朋友。想想看，活在拉美那样的局面之下，作为一个有良心的作家，看到美国的中情局和垄断大企业颠覆掉国民选举出的政府，然后扶植起一些军事寡头镇压百姓，他怎能不反美呢？在那个年代，卡斯特罗的古巴对拉美来说就是一个重要的反美桥头堡。而且卡斯特罗不搞个人崇拜，在古巴街头你看不到卡斯特罗的头像和雕塑，卡斯特罗只允许人们崇拜他死去的好朋友切·格瓦拉，所以古巴到处可以见到格瓦拉的面孔。

如果你真的在拉丁美洲——比如20世纪60年代的拉丁美洲——生活过，你就能理解那里为什么会被形容为被切开血管的受伤的大陆。那块陆地几百年前即遭受过欧洲人的毁灭性殖民，当时西班牙人和葡萄牙人带去的是无穷的病菌、瘟疫、奴役，并导致人口的迁徙与灭亡。后来欧美各国，尤其美国的一些企业资本势力进驻之后，则在当地巧取豪夺，支配了整个大地。我们到今天都还记得，20世纪80年代美国是怎样出动部队，进入当时的巴拿马和尼加拉瓜[1]，捣毁了它们的政府，把政府领袖绑架到美国受审。今天我们会觉得这种事情不可思议，在当时却是很多拉美知识分子必须要面对的现实，于是马尔克斯很自然会形成一种反美的政治立场。

马尔克斯相信的那个社会主义，是与他所看到的由美国支持的军事独裁政权相反的，人人有言论、出版、结社、宗教自由的，而且充满欢快气氛，没有恐惧和压抑的社会状态。马尔克斯当时和很多文友分享过这个梦想，其中就包括另一位诺贝尔文学奖得主马里奥·巴尔加斯·略萨[2]。

略萨和马尔克斯的关系是世界文坛上一段有趣的逸闻。这两个人年轻的时候曾是挚友，后来有一次却大打出手，从此分道扬镳[3]。不过到了晚年，两个人基本冰释前嫌了。西班牙的一个出

[1] 1989年12月，美国为保护其在巴拿马运河区的利益，突袭并侵占了位于中美洲的巴拿马共和国，并捉拿其首脑诺列加。1979年，尼加拉瓜独裁、亲美的索摩查政权被推翻，冲击了美国在拉丁美洲的霸权地位，1984年，美国支持尼加拉瓜反政府武装，甚至直接参与在尼加拉瓜几个主要港口布设水雷。

[2] 马里奥·巴尔加斯·略萨（Mario Vargas Llosa，1936— ），拥有秘鲁与西班牙双重国籍的作家、诗人，2010年获诺贝尔文学奖，代表作有《绿房子》《中国套盒》等。

[3] 关于两人大打出手的原因，至今没有明确说法。

版社有一次要给《百年孤独》出一个纪念版，请略萨写序，这篇序言其实略萨几十年前就写好了，但从没发表过，他就说：好，我很乐意。马尔克斯本人也觉得很好。后来马尔克斯去世的时候，略萨也出来做了回应。从略萨的序言和回应里可以看出，不管他们的友谊有没有修复，略萨始终没有否定他这个故友的文学成就。

这两个人的政治立场可以说是南辕北辙，略萨越走越右，最后成为一个彻底的自由市场的信仰者与追随者。但是有些东西是可以超越政治分歧的，比如对艺术的判断。略萨在为《百年孤独》纪念版写的那篇序言里面，第一句就说这是一部完全小说。什么叫作完全小说？其实就是指小说在假装或假设有一个世界刚刚诞生了，在这个世界里很多事物还没有名字，于是小说家像造物主一样来重新创造世界、重新创造语言。从这个意义上讲，《百年孤独》是一部完全小说，因为它自身包含着一个世界。尽管这个世界不离于现实，但它只不过是拿现实中的事件、人物等当材料，然后重新组合出一个世界。

其实很多伟大的小说家都想做一个造物主，在小说里创造一个截然不同的全新世界，这当然是一种巨大的野心，甚至是一种狂妄的傲气。有太多太多的作家失败了，而少数成功的人，就会留下像

《百年孤独》这样的作品，让我们看的时候都很惊讶，原来小说还可以这样写。而这种惊讶背后更深层的意思则是，原来世界还可以是这个样子。这就是所谓的小说家是一种造世者。

（主讲　梁文道）

《暗店街》

寻找失去的记忆

帕特里克·莫迪亚诺（Patrick Modiano，1945— ），法国作家，2014年诺贝尔文学奖获得者。1968年发表处女作《星形广场》，以其离奇荒诞的内容和新颖独特的文笔引起瞩目。另著有《环城大道》《青春咖啡馆》《缓刑》等。

有一样东西无论在以前还是今天，都永远是神秘的，那就是我们和记忆之间的关系。

帕特里克·莫迪亚诺在中文图书市场上并不是一个让大家觉得陌生的作家，他的作品早在十几年前就已经被译成中文，而且好几本书都有中译本。一直以来也有很多中国作家心仪他，甚至学习他的一些写法，例如王朔。不过王朔写出来的东西跟莫迪亚诺的作品区别非常大，因为每个作家、每个艺术家都有自己独到的眼光和视野。

莫迪亚诺大概是过去十来年里第三个得诺贝尔文学奖的法国作家，如果连高行健也算上的话。法国文学界总会出现一些了不起的作者，可是他们的作品虽然都被翻译成中文了，却不一定会引起中国读者的注意。当我们的出版界每每借着诺贝尔文学奖的热潮去抢版权或紧急再版的时候，我常常怀疑到底市场是不是真的需要这些书。

这里就要说到莫迪亚诺作品的特色了。是什么呢？表面看来他的作品很合乎市场口味，是一般读者会喜欢的，因为他的作品总是有一种神秘的氛围，又常常牵涉一个人对某个神奇世界的追寻，可以说整个结构设定有点像侦探小说。侦探小说基本上是个寻宝游戏，而莫迪亚诺的每一部小说都有点像寻宝游戏。但他寻的宝是记忆，他的笔下总是有一个人要追忆自己的身世，去追查种种事情背后的因由到底是什么。

但一般大众对侦探小说的期待是，故事情节要特别起伏、计算精巧、引人入胜，如此在一路解谜的过程里才会有快感。然而莫迪亚诺不同，他不是靠情节来推进解谜的寻宝游戏。他设定一个解谜情景作为出发点，却很奇特地几乎没有任何情节推进，只是在不断挖掘和寻找相关的东西。那个东西，就是记忆。

《暗店街》是莫迪亚诺最著名的作品之一，也是中国读者最熟悉的作品之一。这本小说的情节并不复杂，其中含有的一些元素使它听上去像一个很吸引人的故事。故事的背景是这样的：有一个可怜人，他失忆了，不记得自己是谁，也不记得自己的过去。一个私家侦探见他茫然地在大街上晃，就收留了他，然后让他跟着自己工作，做自己的助手，时间长达八年。在故事的开头，私家侦探退休了，准备回到法国南部的老家尼斯定居，这时助手就开始利用私家侦探留下的种种资源展开他最重要的一个任务——寻找我是谁。在这个过程中，他遇到很多不同的人，和他们交谈，最后他好像发现了自己是谁。

这个故事设计听起来是不是很有趣呢？更有趣的是它发生在第二次世界大战时期以及之后的法国，这也是莫迪亚诺常常涉及的一块内容。那时的法国在我们的印象里，往往是一个等着雷霆大兵去登陆诺曼底的法国，是一个有着很多英勇的地下分子在抵抗纳粹和维希伪政权的法国，但其实那时的法国，也有很多老百姓在艰难中苟延残喘与妥协的现实。《暗店街》里私家侦探的助手在寻找自己身份的过程中，就让我们看到了那个时代里法国许许多多的社会边缘人物。例如一个在巴黎求生的美国钢琴家，他曾经有过辉煌的时期，但是现在却沦落到在夜店弹钢琴，下面的观众喝酒聊大，嘻嘻哈哈，没有人在意他。甚至他年轻貌美的妻子公然在家里跟人厮混，看到她老公回来，竟然说我朋友们还在这儿，你隔几个钟头再回来吧——失落到这个地步！还有一个曾经很了不起的时尚摄影师，现在变得疑神疑鬼，他常常听到电话里传出古怪的声音，总觉得周围有人要害他，在白天也要拉上厚绒窗帘，怕外面有人跟踪。书里有许许多多这样的人物，而配合这些人物的小说叙述总是虚虚实实，有时甚至出现超现实的场景。例如一个不再被使用的电话号码，打过去仍能听到许多人在对话，说着一些奇怪的暗语，仿佛是一些死去的人在利用这个废弃的电话号码做一种神秘的交流。

小说的最后，主人公到底有没有找到他真实的身份呢？似乎找到了，但又不是那么确定，因为他总在回忆的时候，把一些想象出来的情境与记忆中发生的事混淆在一起。但是到底什么叫作记忆呢？我们又如何知道脑海里的记忆是真实发生的，还是想象出来的呢？

举个例子。主人公有一天认为自己原来的名字可能叫佩德罗，于是他回到佩德罗去过的一些地方，认识了很多人，向他们求证自己的身份。有一次他在佩德罗常去的一个大楼里这样思索："我相信，在各栋楼房的入口处，仍然回响着天天走过、然后失去踪影的那些人的脚步声。他们所经之处有某种东西在继续颤动，一些越来越微弱的声波，如果留心，仍然可以接收到。"然后，紧接着的一句话特别值得留意："其实，我或许根本不是这位佩德罗·麦克埃沃依，我什么也不是。但一些声波穿过我的全身，时而遥远，时而强烈，所有这些在空气中飘荡的分散的回声凝结以后，便成了我。"意思是说，假如我真的不知道自己是谁了，失去了过去的记忆，这时最重要的并不是我到底是谁，而是我能不能从各种想得起来的——哪怕是想象出来的也好——蛛丝马迹、声音、气味、光线，以及半梦半醒时脑海中、眼帘里闪过的一些景象当中，拼凑出来一个"我"。虽然这些东西是那么飘忽不定，但如果能把它们固定下来的话，那便是"我"了。

再举一例。主人公在寻求自己身份的过程里，不可避免要去寻找很多他觉得自己过去可能认识的人、共过事的人、身边很重要的人，例如想跟他一起逃离纳粹魔掌的那个他生命中至爱的女人。他要找到这些人，找到他们的去处。这就是说，一个人在寻找自己的时候，必然会牵涉无数其他的人，人总是存在于人际网络之中的。但问题是，当你想从人际关系里得知自己的全貌时，你就会遇到一个根本困难：我们认识的那些朋友，他们彼此之间互不相识，所以某种程度上我们依然是被隔绝的、孤立的，在这样的情况下，怎么去寻找自己呢？

再来看这样一段："我和于特[1]常常谈起这些丧失了踪迹的人。他们某一天从虚无中突然涌现，闪过几道光后又回到虚无中去。美貌女王。小白脸。花蝴蝶。他们当中大多数人，即使在生前，也不比永不会凝结的蒸汽更有质感。于特给我举过一个人的例了，他称此人为海滩人：一生中有四十年在海滩或游泳池边度过，亲切地和避暑者、有钱的闲人聊天。在数千张度假照片的一角或背景中，他身穿游泳衣出现在快活的人群中间，但谁也叫不出他的名字，谁也说不清他为何在那儿。也没有人注意到有一天他从照片上消失了。我不敢对于特说，但我相信这个海滩人就是我。即使我向他承认这件事，他也不会感到惊奇。于特一再说，其实我们大家都是海滩人，我引述他的原话：'沙子只把我们的脚印保留几秒钟。'"

[1] 于特即小说里的私家侦探。

在今天这个互联网、社交媒体流行的时代，其实没有人会失踪。以前也许真的会有这么一个“海滩人”，出现在很多不同人的照片里，他或者在躺着晒太阳，或者在嬉水，或者在打沙滩排球；但今天我们照片里出现的任何一个人，都有可能被搜寻出来，没有谁会是神秘的。不过有一样东西无论在以前还是今天，都永远是神秘的，那就是我们和记忆之间的关系。

莫迪亚诺一生的写作主题就是记忆，而如果你对法国现代文学稍有了解，就会知道书写记忆是一个多么有挑战性的任务，因为普鲁斯特[1]的巨著《追忆似水年华》已经确立了现代文学尤其是法国文学关于记忆书写的典范。莫迪亚诺如何来挑战甚至超越普鲁斯特奠下的丰碑呢？我的看法是这样的——请允许我以最简单的方式讲：如果说普鲁斯特要做的事是不断回到过去，或者把过去拉到现在，让记得的东西越来越丰富、越来越立体，让它们与现在越来越融合直至模糊掉彼此之间的边界；那么莫迪亚诺要处理的与其说是记得的部分，倒不如说是不记得的部分。

记忆好像海浪在不断地冲刷岸边的一个沙堡，把它侵蚀成各种各样的形状，普鲁斯特想要把握的是沙堡剩余的形状，甚至想将它复

[1] 马赛尔·普鲁斯特（Marcel Proust，1871—1922），法国小说家，意识流文学的先驱。代表作《追忆似水年华》。

原成被侵蚀之前的样子；莫迪亚诺关注的则是被侵蚀的过程，以及那些被侵蚀掉再也记不起来的东西。另外他跟普鲁斯特的一个非常大的分别是，他几乎每本作品都非常轻薄短小。

他还有一部作品我非常喜欢，叫《缓刑》。这本书不再通过别人来追寻自己的身份，而是单纯写一个人的回忆，里面几乎连一个侦探情节都没有了，故事线索非常简单，就是一个人在回忆自己的少年时代，那大概是第二次世界大战前后德国占领法国期间。故事的叙事者那时住在巴黎近郊，有一堆女人照顾着他和他的弟弟。他的爸爸总在外面，居无定所，神秘莫测，他们的父子关系非常淡漠。到了17岁之后，他干脆彻底失去了爸爸的踪迹。他的妈妈是一个演员，需要到处巡回演出，所以留下他跟弟弟在巴黎乡郊由一群女人照顾。这些女人也十分奇特，你无从确切知道她们之间到底是什么关系，她们住在这所房子里，又引来很多不同类型的人。这是以一个孩子的视角去回忆的故事，几乎没有情节可言，整本书写的就是这样一种生活状态，以及这个状态的终结。

（主讲　梁文道）

《庆祝无意义》

人生没有绝对的意义

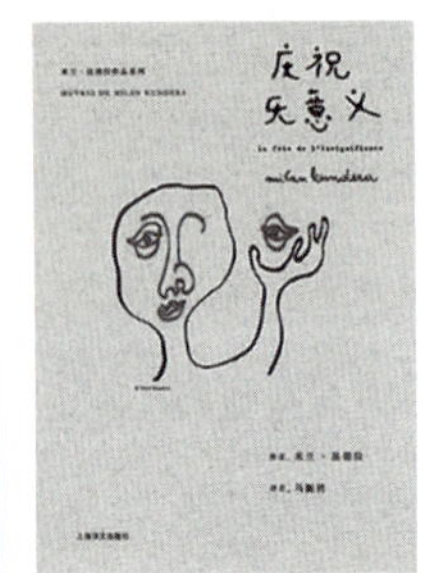

米兰·昆德拉（Milan Kundera，1929— ），捷克作家，自1975年起定居法国。另著有《生命中不能承受之轻》《生活在别处》《玩笑》《不朽》《笑忘录》《无知》等。

“无意义”，就是生活的本质。对此你不要轻易地排斥，而是要去认识这个“无意义”，爱这个“无意义”，还要学会生活在“无意义”之中。

著名的米兰·昆德拉已经八十多岁了，我们都以为上一本小说《无知》就是他的收官之作，殊不知2014年他又有新作问世，而这距离《无知》已经十余年了，距离让我们中国读者如醉如痴奉为经典的《生命中不能承受之轻》已经30年了，难免让昆德拉迷们又惊又喜。

这本新作《庆祝无意义》，一看书名就是昆德拉的范儿。当然了，本书的译者马振骋说，这个书名其实是他精心意会而成的，看来译者对于昆德拉的风格也是心领神会。法文原著的书名按字面意思直译过来本是《父亲的爱》，译者是看了整本书之后才确定应该像现在这样翻译。书名的这个“无意义”放到全书内容里去理解，即是说我们的人生、我们的世界所发生的一切，都没有什么绝对的意义。“无意义”，就是生活的本质。对此你不要轻易地排斥，而是要去认识这个“无意义”，爱这个“无意义”，还要学会生活在“无意义”之中。

这本书开篇描写的是一个老男人在观察年轻女性时的目光与心态，我几乎可以断定这就是一生都在透过男女关系来把握和解释世界的昆德拉本人的感受。如此高龄的人能那么精准地体会两性的体态与心态，权且先用四个俗字赞叹一下——“宝刀未老”。但不能仅仅把昆德拉放在这个层面上夸奖，“好色”的昆德拉要远远高于所谓的情场成功男，昆德拉的形而下，只是通往高山仰止的形而上的第一级阶梯。书的开篇是这样写的：

这是六月，早晨的太阳露出云端，阿兰慢慢走过巴黎一条马路。他观察那些少女，她们个个都在超低腰长裤与超短身T恤之间露出赤裸裸的肚脐。他迷惑了；迷惑了甚至心乱了：仿佛她们的诱惑力不再集中在她们的大腿上、她们的臀部上、她们的乳房上，而是在身体中央的这个小圆点上。

这引起了他的思考：如果一个男人（或者一个时代）在大腿上

看到女性的诱惑中心，怎样描述和定义这种情色导向性的特点呢？他即兴作出一个回答：大腿的长度是道路的隐喻形象，修长而又迷人（这说明为什么大腿要长），它引导走向情色的终点；确实，阿兰心想，即使在交媾中途，大腿的长度也让女人具备令人不可接近的浪漫魔力。

假若一个男人（或者一个时代）在臀部看到女性的诱惑中心，怎样描述和定义这种情色导向性的特点呢？他即兴作出一个回答：粗暴；快活；以最近的道路走向目的地；况且这是个双重目的地而更加刺激。

假若一个男人（或者一个时代）在乳房看到女性的诱惑中心，怎样描述和定义这种情色导向性的特点呢？他即兴作出一个回答：女性的神圣化；圣母马利亚给耶稣喂奶；男性器官匍匐在女性器官的高贵任务前。

但是怎样定义一个男人（或者一个时代）的情色，当他（或它）在人体中央肚脐上看到女人的诱惑中心呢？

请注意，昆德拉通过寥寥数语，提出的是一个时代对于诱惑的描述和定义。意大利《晚邮报》把这本小说称为所有脆弱情感的颂歌，包括悲伤、快乐和美，而我觉得倒不如改一个字，这样来说：这本小说是所有脆弱情感的挽歌，包括悲伤、快乐和美。法国《解放报》说，《庆祝无意义》忠实于昆德拉一以贯之的小说要领：混杂着各种视角，梦想与现实交织，主人公的世界与作者的世界交织；也交叠了不同的时空，眼下和历史并存；以及集合了最荒诞的想象。没错，这本书中最荒诞的想象莫过于穿插其间的有关斯大林、赫鲁晓夫和加里宁[1]的段落了。

现在的俄罗斯版图上有一块飞地，它位于波罗的海沿岸，叫作加里宁格勒。它在历史上是立陶宛的一部分；后来也做过德国东普鲁士的首府，当时叫柯尼斯堡（即现在的哥尼斯堡）。柯尼斯堡在历史上很有名，因为它是德国大哲学家康德的故乡。直到第二次世界大战之后，根据苏、美、英三国签署的《波茨坦协定》，柯尼斯堡和东普鲁士北部地区才被划归为苏联版图。1946年，为了纪念刚刚逝世的苏联最高苏维埃主席团主席加里宁，柯尼斯堡被改名为加里宁格勒，那片地区就称为加里宁格勒州[2]。苏联强行把那里的德国人迁走，同时迁入大批的俄罗斯人。后来，原属于苏联一部分的立陶宛和白俄罗斯宣布独立，这样就使得加里宁格勒和俄罗斯本土分开来，成了一块飞地。

[1] 米哈伊尔·伊万诺维奇·加里宁（1875—1946），1938年起任苏联最高苏维埃主席团主席。

[2] 加里宁格勒州位于俄罗斯的最西边，南邻波兰，东北部和东部与立陶宛接壤，与俄罗斯本土不相邻，故为一块飞地。

可是为什么后来列宁格勒和斯大林格勒都恢复了原名，重新叫作圣彼得堡和伏尔加格勒，唯有加里宁格勒一直到今天还叫加里宁格勒呢？昆德拉在他的这本小说中，极尽辛辣甚至是有些恶毒地为此虚构了一个可笑的故事。

故事是这样说的，加里宁是一个可怜的、无辜的傀儡，虽然他长期担任最高苏维埃主席团主席，名义上是国家元首，但其实他什么都不是。每次斯大林开政治局会议的时候，这个加里宁都严守纪律，可是他患有前列腺增生，本该每几分钟就去一次厕所的，却因为不敢妨碍斯大林讲话，而没勇气去厕所。斯大林一旦讲话就盯着加里宁，每到这时加里宁的脸色就越来越苍白，斯大林则感到一种享受，于是讲得更慢，并且添上一些描写。直到加里宁的面容忽然松弛下来，鬼脸消失了，表情平静了，头上笼罩着一片平和的光环，斯大林知道加里宁又输了，因为他又尿湿了自己的裤子。

斯大林在加里宁身上体验到一种温情，“他瞧着他的同志在受苦，他带着温和的惊觉，感到内心有一种微弱的、谦卑的、几乎陌生的，反正是已经忘怀的感情在苏醒：对一个受苦的人的爱”，而这种温情有着不可言传的美，所以斯大林才决定把柯尼斯堡改名为加里宁格勒。昆德拉借小说主人公阿兰之口说，只有这一理由能解释这个奇怪又平庸的命名。而加里宁的这种受苦最为通俗和人道，“是纪念每个人都有过的一种痛，是纪念一场绝望的斗争，这场斗争除了对自己从未对他人造成过痛苦”。这就是为什么到现在，加里宁格勒还是加里宁格勒。

（主讲　吕宁思）

Open Veins of Latin America

受伤的拉丁美洲大陆

爱德华多·加莱亚诺（Eduardo Galeano，1940—2015），乌拉圭作家，14岁起即投身新闻事业。著作多以拉丁美洲社会反思和历史批判为主，被称为“拉丁美洲的声音”。另著有《火的记忆》《拥抱之书》《足球往事》等。

在过去500年的时间里，拉美国家就好像被切开的血管一样，任何一个吸血鬼都可以到那里去吸血。

*Open Veins of Latin America*这本书[1]的原著是西班牙文，已经被翻译成多种语言出版。它的文笔非常优美，作者爱德华多·加莱亚诺在拉美地区可谓家喻户晓。

书名直译过来是《拉丁美洲被切开的血管》，什么意思呢？如果你对拉美历史有所了解的话，看到书名大概就知道它会讲些什么了。历史上，自从哥伦布发现美洲新大陆，西方的很多殖民者就陆续来到拉美淘金或掠夺资源，所以在过去500年的时间里，拉美国家就好像被切开的血管一样，任何一个吸血鬼都可以到那里去吸血。

[1] 此书已有中译本，即《拉丁美洲被切开的血管》（人民文学出版社，2001）。

先给大家讲一个和这本书有关系的小故事。在2009年的美洲国家首脑会议上，当时的委内瑞拉总统查韦斯[1]在会场见到奥巴马，当场把这本书送给了他。然后全世界就都知道了这本书，原先对拉美地区不了解的人纷纷找书来看。查韦斯为什么要把此书送给奥巴马？因为爱德华多·加莱亚诺是一位左翼作家，他这本书主要是在批评过去500年里西方政治对拉美地区的负面影响，以及西方新旧殖民者对拉美地区的经济掠夺和垄断。查韦斯的目的是要让奥巴马了解一下拉美国家对美国和西方的看法，据此调整美国对拉美的一些政策。

但我相信奥巴马之前就看过这本书，因为在他刚刚当选的时候，他就表示对拉美地区比较感兴趣。尤其他看到古巴医疗业的科学水平非常发达，制度也相当公平，无论贫富看病都非常容易，于是对古巴有了新的看法，进而希望更多地去了解包括古巴在内的拉美国家。后来奥巴马也开启了改善美古关系的进程，但因为美国的政治比较复杂，奥巴马的这个愿景没有实现，古巴和美国之间仍然是互相封锁的状态。

而我最感兴趣的是这本书里的语言，不仅优美，而且深具智慧。作者用非常朴实、接地气的语言来表述他的政治观点，读起来轻松易懂，让人手不释卷。

[1] 乌戈·拉斐尔·查韦斯·弗里亚斯（Hugo Rafael Chávez Frías，1954—2013），1998年12月当选委内瑞拉第53任总统，后多次连任。

比如讲到海地的时候，作者说："海地是西半球最贫穷的国家，洗脚工多于擦鞋匠，为了一枚硬币，男孩子们愿意为没有鞋可穿的顾客们洗脚。"你看他用一个细节就把贫穷的极致状态写出来了：在那里，人人都很穷，连鞋子也穿不起，结果没鞋穿的穷人还去帮助擦鞋的小孩，让他们给自己洗脚。

讲到拉美地区的失败，作者是这么描述的："我们的失败总是在别人的胜利当中彰显，我们的财富总是通过培育别人的繁荣来为我们自己制造贫穷。"这个句子写得太优美了，而且相当有智慧，因为在被西方资本主义剥削廉价劳动力和抢占资源之后，拉美本土的工业和企业都没有办法得到发展。作者一言以蔽之："拉美工业资产阶级的遭遇，就如同侏儒那样，他们无须成长就会衰老。"

书里还讲到拉美过去有很多针对专制政府的左翼斗争——其实这些游击队现在还有，作者同样是用一句话就把游击队和政府之间的关系简练而形象地呈现出来了："在拉丁美洲，把游击队消灭在子宫之内，是他们最巧妙的办法。"即是说游击队在还没有形成的时候，就被消灭了。

我读这本书总体的感觉是，作者作为一个弱势群体的代表，他的发言方式非常与众不同。世界上每天都有很多不公平、不正义、不道德的事情发生，通常弱者的反应都是以声嘶力竭、怒不可遏、情绪激烈的方式宣泄不满，以博得关注；但爱德华多·加莱亚诺却是以一种优雅的、有姿态的语言来表达抗议，这样反而更容易得到对方的尊重和倾听。我觉得对所有文字工作者以及弱势国家的政治家来说，如果想让强者听进去你的声音，就要好好学习这本书的表述方式，它是一个典范。

（主讲　杜平）

《根西岛文学与土豆皮馅饼俱乐部》

新时代的《查令十字街84号》

玛丽·安·谢弗（Mary Ann Shaffer），美国作家，曾任出版社编辑、图书馆员、书店店员。2008年2月本书出版前夕，玛丽不幸病逝。

安妮·拜罗斯（Annie Barrows），美国童书作家，玛丽的外甥女。在姨妈因病无法继续写作时，接手修订文稿。

正是在文学的世界里，我们能够对人、对世界、对自己都多一些宽容。

《查令十字街84号》是一本关于爱书人的最经典、最动人的书信集，而近几年，有一本书被誉为新时代的《查令十字街84号》，它就是《根西岛文学与土豆皮馅饼俱乐部》。这本书的作者玛丽·安·谢弗一生都在从事与书页打交道的工作，比如她做过书店店员，也做过出版社编辑。《根西岛文学与土豆皮馅饼俱乐部》是她的第一部也是唯一一部作品，可惜的是，在这本书出版前夕她去世了，来不及看到这本书的巨大成功。

这不只是一部畅销书，同时也获得了很多赞赏。严格来讲，就像《查令十字街84号》一样，它不算是顶尖的文学创作，但对于喜爱阅读的人来说，它是一本读了会引起共鸣甚至会爱上的书。

书名里的根西岛在哪里？如果你去看地图，会发现它名义上是英国属地，但它并不在英国本岛，而是一个位置上更靠近法国的岛屿[1]，这个岛有相当高的自治权。第二次世界大战期间，因为它太靠近法国，所以迅速被德军占领，可以说是唯一一块被德军占领的英国国土。此后的几年里，根西岛基本被德军封锁，得不到关于英国的任何消息，岛民过着与世隔绝且艰难困苦的生活。比如说猪肉不能随便吃了，因为德国人要把所有的猪都收走。慢慢地，岛上也没有了黄油，面粉供应也变得非常紧张，只有靠多吃土豆过活，书名里的土豆就是这么来的。

和《查令十字街84号》一样，这本书也是书信体。整个故事起源于一封信，是根西岛的一个普通商人写给本书主角伦敦作家朱丽叶的，他因为一个偶然的机会，得到朱丽叶的一本流落到岛上的藏书——查尔斯·兰姆的《伊利亚随笔精选》，在扉页上发现了朱丽叶的名字和住址，于是致信朱丽叶，告诉她自己很喜欢这本书。

有趣的是，后来根西岛上的其他人也都写信给朱丽叶，给她讲岛上的一个读书会的故事。这个读书会就是土豆皮馅饼俱乐部，它怎么来的呢？其实一开始是出于意外，一些岛民因为实在馋猪肉，就在

[1] 根西岛是英国的海外属地，位于英吉利海峡靠近法国海岸线的海峡群岛之中，同周围一些小岛组成了根西行政区（Bailiwick of Guernsey），行政区总面积78平方公里。

某天晚上偷偷杀了一头猪，聚在一起吃肉喝酒，但他们被检查宵禁的德军发现了，其中一个人就急中生智，谎称他们是一个读书俱乐部。德国人普遍爱好文艺，这些德军听了，就很宽容地放过他们，并且说也要一起参加。

所以这个俱乐部实际上是被迫成立的，但参与者读着读着就有了兴致。他们还发明了一种馅饼，在缺少黄油和面粉的情况下，用土豆做馅饼皮，用土豆泥做馅儿，索性给读书会也起名叫作土豆皮馅饼俱乐部。

那是一个战争年代，生活不总是平静的，时常充斥着轰炸和恐惧，同时也有相当多感人的故事。比如书中一个很重要的人物伊丽莎白，她是个热爱读书的人，也非常勇敢，正是她面对德军临危不乱，设想出了这个读书会。但这个人始终没有真正现身，因为她后来死在了德军的集中营里。

此外我们还能看到一些岛民如何通过读书逐渐改变了他们的生活；抑或在那种艰难而封闭的环境之下，当他们被德军谎骗伦敦已被攻陷，只有通过读书才能获取一点安慰。例如有一个五金古玩商，当他读到卡莱尔[1]关于灵魂的说法时，他发现自己对灵魂的观念忽然

[1] 托马斯·卡莱尔（Thomas Carlyle，1795—1881），英国作家，著有《法国革命史》《论英雄与英雄崇拜》《过去与现在》等。

变得不一样了，仿佛得到一种莫名其妙的启示。卡莱尔这么讲：“人类曾经拥有灵魂这个观点是否曾让你停驻深思？不是把它当作一种道听途说，或一种修辞，而是当作人们了解并遵行的一项真理！毫无疑问，那是另外一个世界……但是很遗憾，如今我们已失去了灵魂的音信……我们必须再次寻找，否则，更糟糕的事情会降临到我们身上。”

书的最后，主角朱丽叶亲自到了根西岛上，还和俱乐部里的一名成员谈起了恋爱。她在与岛民交往的过程中，对不曾现身的伊丽莎白有了更清晰的认识，看到了战争中人性的光辉。同时她也怀着温情，以较为平和、不带评判的眼光去看待双方战士，你会发现虽然德军占领了根西岛，在这里实施恐怖统治，但很多时候他们一样是个寻常人。

可以说，正是在文学的世界里，我们能够对人、对世界、对自己都多一些宽容。

（主讲　梁文道）

《偷书贼》

战火下的读书声

马克斯·苏萨克（Markus Zusak，1975— ），澳大利亚作家，另著有《传信人》《败犬》《格斗》等。

书籍对小女孩来说，不只是文字之美，更让她通过文字和战争的残酷以及死亡的冰冷隔绝开来。

先透露一点真相

你正走向死亡。

大多数人觉得我的话难以置信，任我怎么抗议也没用。说到这个话题，我尽力让自己保持心情愉快。请相信我，我的的确确也会满心欢喜。我也有和蔼可亲、和和气气的一面，但是，请别要求我做到令人愉悦。令人愉悦与我无关。

这一段自白，听起来像是谁说的呢？是的，他就是死神。这本台版《偷书贼》的封面，用的是根据本书改编的同名电影里女主角的剧照；而我更喜欢台版译本的旧版封面，上面是一幅小女孩和死神跳舞的图画。作者马克斯·苏萨克，是当代澳大利亚小说界获奖最多、著作也最丰的一位作家。他1975年出生于悉尼，父母分别是奥地利人和德国人的后裔，他的这本小说其实源自他父母的经历。第二次世界大战时，他的父母年纪还小，曾亲眼看到汉堡被盟军轰炸之后的惨状，也看过纳粹驱赶犹太人前往死亡集中营的悲剧。后来马克斯·苏萨克听父母讲起这些事，就一直记在心里，他觉得总有一天要把它们写成一本书，也就是现在我们看到的这本《偷书贼》。

这本书是以死神的口吻来进行叙述的，故事主角是一个小女孩，她的父母是德国共产党人，后来她的父亲死了，母亲可能也死在了某一个地方，她就被纳粹送到一个德国家庭寄养。小女孩原本不识字，是她的养父教她识了字，而她阅读的那些书，都是她偷来的。有趣的是，《偷书贼》几乎每一章，都是用小女孩偷来的书的书名为题。比如第一章的题目《掘墓人手册》，这是小女孩在她弟弟的葬礼上从地上捡到的一本书，从此为她打开了文字的世界。而书籍对小女孩来说，不只是文字之美，更让她通过文字和战争的残酷以及死亡的冰冷隔绝开来。

除了小女孩之外，书里还有很多其他人物。我特别喜欢小女孩的养父，他是一个德国手风琴手，性格非常善良，当纳粹大肆追捕和杀害犹太人时，他出于友情和善良收容了一个犹太人。这个犹太人后来也成为小女孩进一步去理解文字世界的渠道，小女孩为躲在阁楼和地下室的犹太人描述外面的世界，让他在躲避死亡的日子里感觉不那么孤单。

另一个我很喜欢的人物是镇长夫人，她的儿子死在了战场上，她以什么方式来慰藉对儿子的思念之情呢？就是通过读书。但是读书在当时的德国是有风险的，纳粹会把很多书都列为禁书，并当众销毁。有一次，小女孩从焚书的火堆里捡出一本书，镇长夫人将一切看在眼里却没有作声，后来小女孩到镇长家去取要洗的衣服时，镇长夫人故意打开了书房的门，让小女孩走进去看一看。

这本书里还有很多令人印象深刻的场景。比如有一次空袭来临，整条街的人都钻进防空洞里躲避，此刻哪怕是冤家对头，都在互相手拉着手。这时小女孩开始朗读她刚刚从书里看到的一个故事，所有人都在聆听，他们被故事曲折的情节所吸引，忘记了对轰炸以及死亡的恐惧。小女孩借助文字的力量，安慰了每一颗惶惶不安的心。有意思的是，作者在这个场景中让小女孩讲述的其实是一则充满恐惧、令人忧心忡忡的故事。

这本书的结尾挺伤感的，正如死神所说，他对每一个人都是公平的，所以很多善良的人并没能逃开战争的劫难。到最后，这条街上只剩下小女孩一个人，她是孤单的，但也是幸运的，因为在她成长的过程中，爱她的人教会她用文字的力量去对抗恐惧。作者在书里借死神的口说了一段话，正好可以拿来做个小结："战争就是一场剧烈的偷窃，抢劫般夺走了人们的性命，就和偷苹果、偷小说的孩子比起来，偷走人类幸福和安居的元首是更大的罪人，世界在一个怯生生又勇往直前的小偷心里，四处的一切都被偷走了，只留下无可奈何。例如德国妈妈的儿子，儿子们的腿或者手指，镇长夫人的笑容，甚至天空和河川的美丽。"

在这本书里，你会看到死亡给人们带来的一切摧残，以及战争给生活造成的一切磨难。

（主讲　闫丘露薇）

得未曾有

《萧红小说散文精选》

最底层也最真实的人生书写

萧红（1911—1942），中国现代女作家，原名张迺莹，生于黑龙江省哈尔滨市呼兰。代表作有《生死场》《商市街》《呼兰河传》《马伯乐》等。

萧红有大量关于饥饿的非常独到的描写，写出了饥饿时那种百无聊赖与荒芜感。

前几年曾有一部电影以现代作家萧红为主角[1]，近年来，又有一部讲萧红一生的电影上映，就是《黄金时代》，是香港著名导演许鞍华执导的。

在我看来，萧红这位作家有点尴尬，从她今天在中国文学史上的地位来说，几乎每一个人都觉得她是非常出色的作家，但另一方面，好像大多数人又很不熟悉她，有人甚至误以为她和萧军是两兄妹。还有人说她是左翼的官方作家，在台湾，曾有一段时间萧红的作品被列为禁书，正因为觉得她是一个同情左翼的、共产党的同路人。可如果真把她放到正统的社会写实主义的路线里去看，她又显

[1] 电影《萧红》，为纪念萧红诞辰百年拍摄，导演霍建起，2013年上映。

得非常偏离主流。

萧红的一生本身也像一个谜。她的人生虽然短暂，才活了三十出头，却非常动荡波折，一直在饥饿、贫困、流离、逃难与疾病之中度过，当中还发生过许多曲折的爱情故事。我无意去探究她的生平逸事，而是要关注她的作品，可是要谈萧红的作品，也很难绕开她的人生去谈。

萧红是怎么被发掘出来的呢？在现代文学史上，萧红本来被归类在东北作家群[1]里，也就是一批左翼作家，其中包括萧军、白朗、骆宾基、端木蕻良等，但是这批作家的文学史地位并不高。此外，萧红和鲁迅有很深的关系，介于父女和师生之间，有人认为她是鲁迅在精神上的传人，可是这也并没有给萧红增加多少关注度。萧红真正得以被文学界和公众所重视，情况和另一位民国才女张爱玲差不多，都是因为“出口转内销”。

此话怎讲？我们知道张爱玲开始得到世界文坛的肯定，是由于

[1] 东北作家群指“九一八”事变以后，一群从东北流亡到关内的文学青年在左翼文学运动推动下共同自发地开始文学创作的群体。他们的作品反映了处于日寇铁蹄下的东北人民的悲惨遭遇，具有粗犷宏大的风格，也写出了东北的风俗民情，显示出浓郁的地方色彩。

已故的夏志清[1]教授在他那本《中国现代小说史》里把张爱玲推崇到了一个至高无上的地位。经过这番抬举，才使得以前被视为通俗作家的张爱玲，其文学价值受到注意并被重新评价。慢慢地，中国台湾和香港也有越来越多的人去关注张爱玲的作品，再后来这股热潮终于传回了大陆。现在张爱玲几乎是一个教母级作家了，没有人觉得她不好。

而萧红，虽然相比张爱玲要寂寞一些，但其文学地位也已是今非昔比，这主要得益于20世纪80年代美国汉学家葛浩文[2]的推动。葛浩文就是莫言作品的英译者，此外他还翻译过刘震云、苏童等一大批好作家。他于20世纪70年代开始注意到萧红，尤其觉得《呼兰河传》了不起，于是认认真真做研究，在美国的文坛上好好地介绍了一番。后来夏志清自己承认，他的《中国现代小说史》漏掉萧红是一个不可原谅的错误。

葛浩文写过一本《萧红评传》，自20世纪80年代被翻译成中文

---

[1] 夏志清（1921—2013），原籍江苏，中国文学评论家，其著作《中国现代小说史》发掘并论证了张爱玲、张天翼、钱锺书、沈从文等重要作家的文学史地位。另著有《中国古典小说史论》等。

[2] 葛浩文（Howard Goldblatt，1939—　），美国著名汉学家，也是目前英文世界里地位最高的中国文学翻译家，翻译过二十多位名家的五十多部作品。《呼兰河传》是葛浩文翻译的第一本中文小说。

葛浩文

葛浩文的《萧红评传》

后，就开始在大陆、香港和台湾流传，使得萧红才又受到国人关注。而这本《萧红评传》的大部分内容，是在谈萧红的人生。萧红的人生为什么值得谈呢？首先，她是那个战乱年代里苦苦挣扎在社会底层的人的一个缩影。其次，她身上有太多未解的谜团，哪怕借助已有的历史资料和他人的回忆，仍然很难拼凑出一个完整的印象。相比之下，我们对张爱玲的了解要更清晰一些。再次，关于萧红也存在很多争论。如果说对张爱玲的争论集中于她爱上了一个“汉奸”胡兰成，以及在上海沦陷时曾在“敌伪刊物”上发表作品；那么对萧红的争议则在于她好像从头到尾都不在一个正确的政治路线上面，并且她短短的一生当中还有很多感情纠葛，常被看作一个水性杨花的女人。感情问题似乎让她的文学地位大打折扣，但这种偏见恰恰是萧红一生都在努力抗争的。设想一下，同样复杂的感情经历如果发生在一个男作家身上，我们会觉得他堕落下贱吗？我们不仅不会，还会说这个男作家真是风流才子！这种反差正显示出对女性的偏见。林贤治先生在他那部非常精彩的萧红传记《漂泊者萧红》里说：这种对女性的歧视是她（萧红）一辈子都在与之奋斗的对象。

到了今天，研究萧红的学术文章可谓汗牛充栋，不只生平考证，各种文学研究都很容易找到。除了女性主义视角之外，萧红的作品还可以从很多角度切入分析，因为她的作品里面有着相当丰富的内涵。例如为这本《萧红小说散文精选》作序的香港作家洛枫，她就特别注意到萧红如何写饥饿，我觉得从这里恰恰可以摸索出萧红作品的独特性所在。

有很多中国现代作家都喜欢写食物，比如周作人写茶点，林语堂讲中国饮食，但萧红写食物和别的作家很不一样。比如这本书收了很多篇萧红散文集《商市街》里的文章，其中一篇《雪天》是这样开头的：

我直直是睡了一个整天，这使我不能再睡。小屋子渐渐从灰色变做黑色。

睡得背很痛，肩也很痛，并且也饿了。我下床开了灯，在床沿坐了坐，到椅子上坐了坐，扒一扒头发，揉擦两下眼睛，心中感到幽长和无底，好像把我放下一个煤洞去，并且没有灯笼，使我一个人走沉下去。屋子虽然小，在我觉得和一个荒凉的广场样，屋子墙壁离我比天还远，那是说一切不和我发生关系；那是说我的肚子太空了！

这么长的一段文字谈的只是一件事——她的饥饿，类似的描写在《商市街》里很容易看到。《商市街》一般被看作带有自传色彩的散文集，回忆了她在哈尔滨与萧军一起共度的生活，是萧红到上海之后写的。

商市街[1]位于哈尔滨的中央大街，20世纪二三十年代的哈尔滨是东北一个国际化的现代大都会，中央大街则是哈尔滨最主要的一条大街。在这个繁华的地段，萧红与萧军贫苦地寄居在一个叫欧罗巴的旅馆里，后来又搬到萧军做家教的人家里面，基本上过的是有一顿没一顿的生活，常常处在饥饿之中。

萧红在《商市街》里有大量关于饥饿的非常独到的描写，写出了饥饿时那种百无聊赖与荒芜感。挨饿时她只好睡觉，醒来也无事可干。由于饥饿，她整个人的魂好像都飞掉了一样，跟身边所有事物皆失去联系，而只要能够吃饱，哪怕只是沾了白盐的硬邦邦的列巴圈，

[1] 商市街因街面小商小贩较多，故得名。1925年改称东商市街，1959年又改为红霞街，沿用至今。

都可以让她很满足。如果偶尔弄到一笔钱，萧红就会形容自己走在大街上是如何趾高气扬、志得意满。食物在萧红这里，不再是美食文化，而是保证一个人生存下去的最基本的条件。

故而萧红写人往往也是从生存这个面向去写的，《商市街》里有一个男人形象叫郎华，通过这个形象你就能看出，男女之间感情再好，在饥饿面前也会暴露出人性的弱点。比如在《提篮者》这篇里，可以被看作萧红本人的那个“我”，有一天掏光身上所有的铜板给了那个每天在过道上提着篮子卖面包的人，于是一块黑面包摆在了桌子上：

郎华回来第一件事，他在面包上掘了一个洞，连帽子也没脱掉就嘴里嚼着，又去找白盐。他从外面带进来的冷空气发着腥味。他吃面包，鼻子时时滴下清水滴。

“来吃啊！”

“就来。”我拿了刷牙缸跑下楼去倒开水，回来时，面包差不多只剩硬壳在那里。他紧忙说：

“我吃得真快，怎么吃得这样快？真自私，男人真自私。”只端起牙缸来喝水，他再不吃了！我再叫他吃，他也不吃。只说："饱了，饱了！吃去你的一半还不够吗？男人不好，只顾自己。你的病刚好，一定要吃饱的。"

他给我讲着，他怎样要开一个"学社"，教武术，还教什么什么——这时候他的手，又凑到面包壳上去，并且另一只手也来了！扭了一块下去，已经送到嘴里，已经咽下去，他也没有发觉，第二次又来扭，可是说了：

"我不应该再吃，我已经吃饱。"

《商市街》里每次写到郎华，都会让你感叹这个男人怎会那么自私，总在跟一个生病的身体瘦弱的女人抢东西吃。郎华一般被认为就是萧军，但他是不是萧军并不重要，甚至郎华也并非真的自私，恐怕任何人到了饥饿难耐的时刻，都会这么无法自控地不停吃下去。

萧红总是从这种最底层的生活状态出发去写人，正因为如此，她才能形成独特的写作风格。

（主讲　梁文道）

《呼兰河传》

战乱年代里的抒情诗

认命实在是生活在这块土地上无可奈何之事。在这个天寒地冻的环境里，除了苟存于世，还想怎样？还能怎样？

萧红有一部作品《生死场》曾得到鲁迅的赞赏，鲁迅还为其作序推荐。在萧红为数不多的作品当中，《生死场》算是比较规整的，意思就是可以很清楚地被归到某种文类当中去。而她的其他一些作品比如《商市街》和《呼兰河传》就不一样了，它们介于小说和散文之间，说是小说吧，却没有清晰的情节和鲜明的人物；说是散文吧，在表达上却显得很抽离，更何况里面的一些主要人物还被虚构了名字。从这种文风也可以感觉出，萧红是一个多么难以定位的作家。

萧红不是能以意识形态轻易区分的作家，这就是为什么她的作品曾一度被忽视。她那么关注社会底层，关注劳苦大众，按理说应该属于左翼才对，没错，她身边确实都是一些左翼的朋友，文学史上也曾把她看作左翼文学圈的一部分。可是仔细观察，你会发现她总在时代之中掉队。例如《呼兰河传》出版时茅盾为其写序，就批评作者没有提及封建主义和帝国主义对人民的压迫[1]。但是鲁迅当年写《阿Q正传》《孔乙己》，不也没提过这些吗？萧红只不过是延续了鲁迅这种国民性批判的写作路子罢了。问题的关键在于，到她写作《呼兰河传》的时候，也就是她在1940年流亡香港期间，这个写法就无法切合时代需要了。那时中国作家不分左右都被动员起来写抗战文学，萧红还在讲国民性批判，不是很不合群吗？

萧红也不是真的在做国民性批判。虽然《呼兰河传》里面写了很多中国农民的愚昧无知，把他们写得那么不堪，但和鲁迅式的辛辣讽刺其实很不一样。从这个意义上讲，萧红在鲁迅的基础上又往前迈进了一步。为了说明这一点，让我们从《呼兰河传》的开头看起：

严冬一封锁了大地的时候，则大地满地裂着口。从南到北，从东到西，几尺长的，一丈长的，还有好几丈长的，它们毫无方向地，便随时随地，只要严冬一到，大地就裂开口了。

---

［1］茅盾的原话是：“如果让我们在《呼兰河传》找作者思想的弱点，那么，问题恐怕不在于作者所写的人物都缺乏积极性，而在于作者写这些人物的梦魇似的生活时给人们以这样一个印象：除了因为愚昧保守而自食其果，这些人物的生活原也悠然自得其乐，在这里，我们看不见封建的剥削和压迫，也看不见日本帝国主义那种血腥的侵略。而这两重的铁枷，在呼兰河人民生活的比重上，该也不会轻于他们自身的愚昧保守罢？”

严寒把大地冻裂了。

接下来，她写了好几种人是怎么样在这片冻裂的大地上行走：一个车夫，手背被冻出无数裂口；一个卖豆腐的，盛豆腐的方木盘被冻在地上；一个卖馒头的老人，因为鞋底结了冰滑倒在地。而再继续冷下去，水缸会被冻裂，井会被冻住，房子也会被大风雪封得严严实实。

这就是整部小说的开头，北国的严冬气息一下子跃然纸上，此地便是呼兰了。呼兰在今天是哈尔滨市的一个区，以前则是一个独立的小县城，也是萧红的家乡。萧红到了生命的晚期，当她在这本《呼兰河传》里回忆起自己的家乡和童年时，首先交代的是一个严酷的天候背景，这是非常有意思也是特别值得留意的。不过抛开这一点先不谈，让我们看看《呼兰河传》有哪些已经得到公认的长处和特点呢？首先它在出版时显得非常前卫，打破了小说的传统样式，并不是以人物角色为核心，而是要为呼兰这个地方立传。它也写人，但人物不是重点，重点是呼兰这块土地如何承载了这些人的生活。写作风格上则有着茅盾所说的抒情诗特色，就是用不断重复的写法，在稍微带着变奏的重复意象、重复描写中产生出诗意。叙述顺序则是从宏观到微观，从小县城的天候讲到这里的几条主要道路，再讲到一年时序里的主要节庆，然后画面才转进萧红自己家，以及她所见到的一些人物的故事。

但是我认为《呼兰河传》最值得注意的，就是小说一开头所暗示的，在一个中国最靠东北的偏僻之地，面对这里严酷的天候和严重的贫瘠，人们的生活是一种什么样的状况。

这里的人穷到什么地步呢？比如有一家人租了三间歪歪斜斜的破草房，下雨天过后房顶上长出蘑菇，那家人便上去采蘑菇，结果引来全院子的人站在下面议论，都羡慕这家人有蘑菇吃。他们说：

“这蘑菇是新鲜的，可不比那干蘑菇，若是杀一个小鸡炒上，那真好吃极了。”

“蘑菇炒豆腐，嗳，真鲜！”

“雨后的蘑菇嫩过了仔鸡。”

“蘑菇炒鸡，吃蘑菇而不吃鸡。”

“蘑菇下面，吃汤而忘了面。”

“吃了这蘑菇，不忘了姓才怪的。”

“清蒸蘑菇加姜丝，能吃八碗小米子干饭。”

“你不要小看了这蘑菇，这是意外之财！”

同院住的那些羡慕的人，都恨自己为什么不住在那草房里。若早知道租了房子连蘑菇都一起租来了，就非租那房子不可。天下哪有这样的好事，租房子还带蘑菇的。于是感慨唏嘘，相叹不已。

在如此穷困潦倒的境况下，人们会表现出哪些状态呢？我们举例说明好了。在这个小县城的一条东二道街上，有一个陷下去五六尺的大坑，“不下雨那泥浆好像粥一样，下了雨，这泥坑就变成河了”。这个泥坑简直就是一个陷阱，让路过的动物、人、马车都很危险，常常马陷进去挣扎不出，一旦躺倒在地，很容易就会死。这时过路人会来帮忙救马，不过也有来看热闹的，“看那马要站起来了，他们就喝彩，‘噢！噢！’地喊叫着，看那马又站不起来，又倒下去了，这时他们又是喝彩，‘噢噢’地又叫了几声。不过这喝的是倒彩”。

“这泥坑子里边淹死过小猪，用泥浆闷死过狗，闷死过猫，鸡和鸭也常常死在这泥坑里边。”到了下大雨的时候，坑里涨满水会一直漫到两边人家的墙根上，就连人也过不去，只好颤巍巍地攀着人家的板墙从坑边挪过去。于是有人建议把两边房子的墙向后拆一点，房子主人却说墙不能拆，最好沿着墙根种一排树，下起雨来就能攀着树过去了。可是没有人想过要把坑填平。萧红写道："一年之中抬车抬马，在这泥坑子上不知抬了多少次，可没有一个人说把泥坑子用土填起来不就好了吗？没有一个。……说拆墙的有，说种树的有，若说用土把泥坑来填平的，一个人也没有。"

类似的对呼兰河人愚昧无知的描写在小说里比比皆是，又例如：

所以呼兰河城里凡是一有跳井投河的，或是上吊的，那看热闹的人就特别多，我不知道中国别的地方是否这样，但在我的家乡确是这样的。

投了河的女人，被打捞上来了，也不赶快的埋，也不赶快的葬，摆在那里一两天，让大家围着观看。

跳了井的女人，从井里捞出来，也不赶快的埋，也不赶快的葬，好像国货展览会似的，热闹得车水马龙了。

……

呼兰河这地方，到底是太闭塞，文化是不大有的。虽然当地的官、绅，认为已经满意了，而且请了一位满清的翰林，作了一首歌，歌曰：

濒呼兰天然森林，自古多奇材。

这首歌还配上了从东洋流来的乐谱，使当地的小学都唱着。这歌不止这两句这么短，不过只唱这两句就已经够好的了。所好的是使人听了能够引起一种自负的感情来，尤其当清明植树节的时候，几个小学堂的学生都排起队来在大街上游行，并唱着这首歌。使老百姓听了，也觉得呼兰河是个了不起的地方，一开口说话就“我们呼兰河”；那在街道上捡粪蛋的孩子，手里提着粪耙子，他还说“我们呼兰河！”，可不知道呼兰河给了他什么好处。也许那粪耙子就是呼兰河给了他的。

看到这些辛辣的调侃，是不是让人觉得萧红果然是鲁迅的精神传人了，对国民性的批判如此不遗余力。但我为什么要说这本《呼兰河传》比鲁迅更往前跨进了一步呢？因为它通过对呼兰河自然条件的书写，透露了这里的人愚昧无知背后的根源。他们为什么不去把那个年年出事的泥坑填平呢？这是一种心态决定的，简单讲就是两个字：认命。

因为认命，这里发生了太多让人难过的事，也发生了太多稀奇古怪的事。一个才12岁的童养媳，只是因为太大方了不知道害羞，就遭她婆婆天天毒打虐待，终于被弄疯了。疯了之后又用各种迷信的方法给她治，最后被跳大神的用开水活活折磨死了。一个媳妇，被丈夫打，但她说，哪个男人不打女人呢？于是也心满意足地并不以为那是缺陷了。

认命实在是生活在这块土地上无可奈何之事。在这个天寒地冻的环境里，除了苟存于世，还想怎样？还能怎样？这里的人，天天想的是怎么活下去，下一顿饭有没有着落，他们的生活没有什么趣味。所以当有人上吊了，有人跳河了，难道不是一件令他们兴奋的事吗？他们终于有热闹可看了，生活变得不平常、有滋味了。这种认命就好像波兰作家卡普钦斯基[1]笔下的俄罗斯，为什么俄罗斯有沙皇专政？因为那片土地上的人都会认命。面对西伯利亚无垠的冻土和风雪，人是那么渺小，所以对于任何事情都只能习惯了接受。接受反而变成一个最重要的活下来的力量，不接受的人全都死了。不接受的像萧红这样子，逃到香港去，还是病死了。

（主讲　梁文道）

[1] 雷沙德·卡普钦斯基（Ryszard Kapuściński，1932—2007），是波兰新闻界和文学界一位里程碑式的人物，被誉为20世纪最具影响力的作家之一。代表作有《生命中的另一天》《皇帝》《伊朗王中王》《帝国》《太阳的影子》《与希罗多德一起旅行》等。

《天香》

晚明上海织女传奇

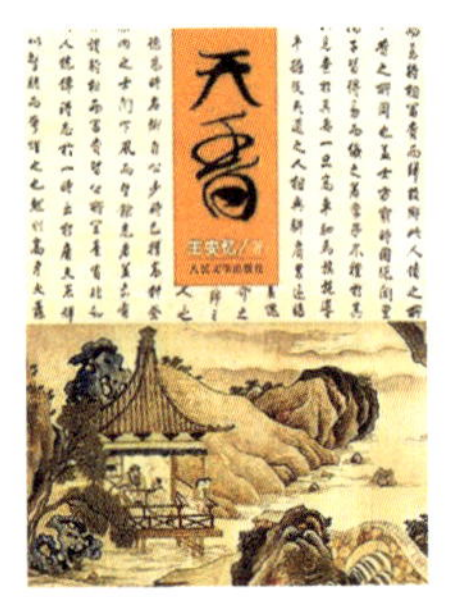

王安忆，生于1954年，现为中国作协副主席、上海作协主席、复旦大学教授。另著有长篇小说《长恨歌》《纪实与虚构》，小说集《小鲍庄》《乌托邦诗篇》《伤心太平洋》，散文集《漂泊的语言》《今夜星光灿烂》等。

要静下心来看一看，在时代的变迁里，女性是怎样用自己的韧性和善良去帮助自己和别人的。

《天香》的作者王安忆，大家已经很熟悉了，都记得她之前写过一部以上海为背景的长篇小说《长恨歌》。

如果说《长恨歌》讲述的是20世纪40年代到90年代一位上海女性的故事，在时间上和我们还比较贴近的话，那么《天香》所写的时代距离我们就比较远了，它讲的是晚明时期一群女性的故事。很多人会拿《天香》和《红楼梦》进行比较，而王安忆有一次在接受报纸访问时却说："我既没有写《红楼梦》的野心，也没有为上海著史的野心，我不是社会学家和历史学家，我只是小说家。上海这座城市和那段历史只是我小说的背景，小说还是一个关于女性生活的故事。"

如果把《天香》看作一本历史小说，似乎它有着这里或那里的不足。比如小说涉及到徐光启[1]、董其昌[2]这些上海历史名人，以及一些历史背景事件，但都没有过多展开。我特别认同王安忆自己的说法，这是一本关于女性的小说，而小说里的男性角色，总是隔一段时间就从文字里消失了。为什么会这样？王安忆在访问里是这么解释的："在我的小说里，故事的行进就是男主角不断退场的过程。在第一卷里，有人觉得不知道我在干什么，其实第一卷就是写这些女性是怎么进入这个申家的，她们在这个家里的遭遇是什么。为了把故事聚集在女人身上，我必须把这大宅子的男人慢慢打发掉，这样女性的光辉形象才能起来。"

一些读者觉得这部小说里面的女性人物太多了，说不出来哪一个给人的印象特别深刻。但如果你把它看作一个女性小说的话，就会发现作者塑造的是一个群体。这个群体让我印象最深的就是，在面对时代变迁或家族变故的时候，她们依靠自己的韧性顽强地活了下来，不单单自己活得好，还通过她们掌握的顾绣手艺让身边的人也能好好活着。

简单讲，这部小说写了这样一个故事：在晚明一个士绅家庭所

[1] 徐光启（1562—1633），明代著名科学家、政治家，也是中西文化交流的先驱者之一。

[2] 董其昌（1555—1636），明代书画家。

造的“天香园”中，前后三代女性将顾绣这门手艺发扬光大，并且在家道败落之后仍顽强地将它传承下去。故事最令我难忘的在最后部分，随着这个家族的没落，最后一位女性嫁到一个普通人家，她要面对这样的选择：要不要把顾绣带到民间，推广这项技艺，以帮助那些比她生活还要艰难的女性，让她们在艰难世道里拥有谋生的一技之长？如果她选择这样做，可能对她的家族来说就是一种损害。不过最终，她决定分享，她选择让更多的女性有机会凭手艺实现自立。也因此，顾绣这门艺术才得以传入民间。这是整部小说中我觉得非常有意义的地方。

提到女性小说，大家总是把关注点放在现代和当代，其实在过去男性主导的社会里，也有很多关于女性的动人故事，只不过被忽略了。王安忆通过这本小说，把一些女性人物重新展现到我们眼前。我们不必带着史诗般的宏大眼光去审视这部作品，而是要静下心来看一看，在时代的变迁里，女性是怎样用自己的韧性和善良去帮助自己和别人的。这时我们就能从小说当中感到一股相当大的暖意，想象在旧上海的一个小房间里，一群女性专心地刺绣，不仅为自己带来生活的安定，也让身边的人可以通过努力找到一个确定的未来。

（主讲　闫丘露薇）

《哀伤纪》

平淡的人生里却有最深刻的哀伤

钟晓阳，香港女作家，1962年生于广州，在香港长大。父亲是印尼华侨，母亲是东北人。另著有《停车暂借问》《哀歌》等。

钟晓阳总是带着淡淡的忧郁和哀伤，她的作品讲的全是生命里的种种无奈和遗憾，种种想要的得不到、不想要的却总是来。

《哀伤纪》的作者钟晓阳，是1962年出生的香港女作家。她成名很早，20岁就已出版成名作《停车暂借问》，在台湾和香港引起轰动。

有一次我去参加香港书展，在主办单位招待的一场晚宴上和一些60岁上下的台湾媒体人聊天，主要是我讲，他们听。突然他们不理我了，而且还站起来跑掉了，原来是钟晓阳来了，所有人都跑去找她拍照、签名。后来那些台湾媒体人告诉我，在20世纪80年代的台湾，不管男文青还是女文青都会追看她的小说，如果不读钟晓阳就不是文青了。

台湾有个女作家叫陈雪，她的小说都在探讨同性恋、乱伦等你想象得到和想象不到的种种情欲。如果说把陈雪放在左边，那钟晓阳就是右边。我说的不是什么政治上的左右，而是指文风。陈雪是很狂放的，而钟晓阳总是带着淡淡的忧郁和哀伤，她的作品讲的全是生命里的种种无奈和遗憾，种种想要的得不到、不想要的却总是来。

钟晓阳有一部很重要的短篇小说集，书名就叫《哀歌》，其中同名的那一篇里，写一个女生到了美国和两个男人之间发生的种种暧昧的、似有若无的爱情，小说的结尾非常忧郁。后来钟晓阳离开香港去其他地方读书，去过澳大利亚也去过美国，再回到香港时她从事了电影编剧，也做过广告创作，但都没有再出版过小说了。直到《哀歌》写完过了28年，终于才有了这部小说新作《哀伤纪》。

《哀伤纪》有点像《哀歌》的续集，故事不完全一样，但人物和情节有相似的地方。好像二十多年前的那些男男女女经过一段忧郁的暧昧关系之后也成长了，然后各有各的生命遭遇，再重逢时各自对生命有着一番不同的领悟。所以这两部作品可以放在一起读，不仅读钟晓阳创作的这些故事，同时也读这位有着传奇般少女时代的作家在步入中年后，她自己有了哪些新的想法。

钟晓阳其实是东北人，移居香港之后她在家里和家人讲的仍是东北话。她的成名作《停车暂借问》写的就是发生在东北的爱情故事，一个年轻女生和表哥谈恋爱，中间经过很多的波折，读起来非常感人。打个不恰当的比方，如果你本来很快乐，读完钟晓阳的作品可能会感到忧郁，如果你已经很忧郁，那么读完会更忧郁。

钟晓阳在台湾还有一群好姐妹，像朱天文、朱天心曾经主办过一本文学刊物《三三集刊》[1]，发表那一代文青的作品，钟晓阳就是通过投稿和朱家姐妹建立了很好的友情。那批文青里也包括唐诺，现在在大陆也是越来越有名的作家，写了很多非常好看的散文和文论。这批文青如今都步入中年甚至中老年了，每个人都有故事，我希望看到等他们再老一些的时候去写回忆录，那可能就是另一次创作的高峰。

（主讲　马家辉）

[1]《三三集刊》，创办于1977年，至1981年止共出版28期。主要成员有：朱天文、朱天心、谢材俊（唐诺）、马叔礼、丁亚民、仙枝、林俊颖等，其中多数现仍活跃于台湾文坛。

《蝴蝶》

情欲总能找到出口

陈雪，台湾女作家，生于1970年。另著有《桥上的孩子》《陈春天》《附魔者》等。

原来我们对于情欲的压制都比自己想象的大，对情欲解放的渴望也比想象的强烈。

《蝴蝶》是一本小说集，里面收了八则短篇小说。这本书有点特别，可能比较保守的人不会喜欢。作者是一位很独特的[illegible]作家叫陈雪，她从20世纪90年代出道，先写短篇小说，后来写长[illegible]品绝大多数都非常忧郁，总是写女人在情欲里面受到的种种伤害、背叛和苦难。但是忧郁背后不能看到快乐的部分，那些女性总是能够站起来，为自己的情欲找到一个解放的出口，最终找到她们的爱人，虽然那个爱人往往不是男人，而是另外一个女人。

有人说陈雪代表了台湾的一支文学写作形态，她在作品里思考的是作为一个所谓的女人，她的性别认同在哪里，还有她在受到种种伤害之后出路在哪里。她的小说比如《桥上的孩子》《附魔者》都非常好看。除了小说之外她也写散文，还有一本教人怎么谈恋爱的《恋爱课》，都是很有趣的书。这本《蝴蝶》收的是她比较早期的写于20世纪90年代的作品。

《蝴蝶》里面最有代表性的一篇是《蝴蝶的记号》，在2004年还被拍成电影[1]，颇受关注。这篇小说讲了一名三十岁的女性，已经结婚有小孩，是一个贤妻良母，但是和她的老公相处没有感觉。有一天她在超市遇见一个因偷吃东西遭到店员斥责的年轻女孩，就帮女孩付钱解了围，后来又不由自主地关心她，渐渐和这个女孩谈起恋爱来。在恋爱过程中，她又通过回忆反思了自己读书时与另一个女同学有过的暧昧。更有趣的是，她看到她上了年纪的妈妈也要离婚，还和一个女人之间产生了感情。通过这样的故事你会发现，原来我们对情欲的压制都比自己想象的大，对情欲解放的渴望也比想象的强烈。很多欲求的不满足到了生命的某个阶段，总是可以觅到一个去处，找到想要的东西。

除了《蝴蝶的记号》之外，这本书里其他几个短篇写的也都是不寻常的情感与性，所以我说如果你是一个保守的人，看了可能会感到不舒服。可是在我看来就觉得过瘾，不是因为话题本身，而是因为它背后探讨的关于情欲和人的解放。

[1]《蝴蝶》是香港电影，导演麦婉欣，于2004年上映。

陈雪的好多小说都有回忆录的味道。她的人生经历很丰富，比如她讲过小时候因为爸爸做生意失败欠下债务，只好去夜市摆地摊，所以她从小就帮忙摆地摊。长大后她也做过很多不同的工作，还在卡拉OK陪唱陪喝过。她的人生经验也很丰富，不仅和女生谈过恋爱，还和她的女朋友结婚了，在台湾文化圈公开举行Party，成为一个文化新闻，也引起了社会热议。别以为在台湾，每个人都像我这么看得开，不少人还是很保守的，所以就会批评她。但她不管，她认为每个人都有爱的权利，可以自己选择去爱谁、怎么爱。

（主讲　马家辉）

《告别式从明天开始》

悲伤的生命挽歌

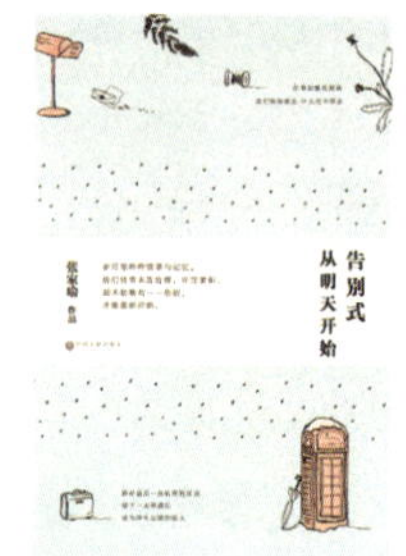

张家瑜，香港女作家，生于台湾花莲，现定居香港。另著有《我开始轻视语言》。

爱有多深，它回应于你的悲伤与恐惧就有多深。

《告别式从明天开始》的作者我认识，她不只是我的朋友，也是我的老婆。她就是张家瑜。我介绍她的书不是因为她是我老婆，而是因为这本书真的好，所以我举贤不避亲。告别式，即丧礼，所以一看书名就知道里面都是些很伤感的文章。

其实我是不太敢看这本散文集的，一个很重要的原因是我和作者的距离太亲太近了。书里都在回忆亲人的生病和死亡，以及她面对这些死亡时的种种观察和感想，我读了当然非常心疼。而一般的读者，虽说和她没有这么近的距离，也一样能从中得到很真切的生命领悟。

举个例子好了，其中的一篇散文《病旅》，讲了几年前我们一家三口去英国旅行的事。旅途中很不幸，我女儿得了急性肺炎，发高烧。刚开始我们不知道病因，还以为只是感冒，可是去了英国的医院看病，吃了药没好，转去唐人街找香港医生也没用，于是就赶快回香港。张家瑜就写了我在唐人街的医院怎样背着发烧无力的女儿爬楼梯等整个生病看病的过程。女儿平时很喜欢和她聊天开玩笑，那时却病到根本没办法回应她了。张家瑜如此写道：

我看着那闭着眼休息的女孩，我心悲苦。那是现实而你不想面对的，一个病恹恹的女孩。

心无挂碍，无有恐怖，远离颠倒梦想。我还是想着“失去”这主题。那不等于我对“失去”这两字有着明确的理解，相反地，我想着“失去”的对面那名词，“拥有”。我好像站在河岸边，对着向前航去的船只有着一股想拉回它的冲动，那艘船，在夜晚似有若无，如鬼魅般有着一盏闪烁的萤火，提示着离开的可能。

我问着那女孩，怎么样？感觉怎么样？她不想花任何的力气回答我，只是累累地摇摇头。我们共同拥有那么多的回忆。她不能离弃我。但她的身子告诉我，她想像船一样远离我，我苦苦不放手。

幸好我女儿后来病愈了，张家瑜忆及当时这样说：

在我最脆弱之时，我最滥情。精神敏锐地觉察，而肉体迟钝地收受。

那折磨，仿佛以一种告诫的口气说着，别太爱一个人，爱有多深，它回应于你的悲伤与恐惧就有多深。

爱有多深，它回应于你的悲伤与恐惧就有多深。我觉得张家瑜的这个表达非常深刻，而我们平常可能想不到这样表达。

书里还有回忆她父母亲的文章，就是我的岳父岳母。张家瑜说看北野武的电影，印象最深刻的不是那些关于黑帮的影片，而是《菊次郎的夏天》，因为里面有一个男人和一个小孩一起坐在海滩上的画面。张家瑜是台湾花莲人，这个电影画面让她想起以前在花莲海边和父亲共度的生活，让她想起跟着父亲去看电影、去吃饭的场景，以及父女之间情深的感觉。而写到她的母亲，张家瑜则回忆了和母亲一起走过花莲的小巷口去夜市，蹲在那里吃一碗鱼汤的往事。

张家瑜的这些文字让我觉得，无论你是不是在台湾长大，也无论你有没有老公、太太或者小孩，你都可以将生命的观察和感悟通过文学创作的方式定格下来。不仅留给自己一个记录，也能够让别人分享你当时的深刻感受，得到一些感动和启发。

可是我请求张家瑜写第三本书的时候不要再那么哀伤了好吗？写一下我们之间快乐的事吧，虽然快乐的事情可能不多。

（主讲　马家辉）

《得未曾有》

"退"出来的崭新人生

庆山，曾用名安妮宝贝，1974年生于浙江宁波。另著有《告别薇安》《彼岸花》《莲花》《春宴》等。

在“退”之中，每个人都在为自己这个决定承担起新的挑战，结果也开拓了一片新的天空。

如果我没记错的话，7月11日是安妮宝贝的生日。2014年的7月11日就是她40岁的生日。

一眨眼，安妮宝贝40岁了。她的经历大家都很了解，不需要多讲。简单来说就是，她24岁左右开始在“榕树下”网站写作，很受读者欢迎，出书之后也大卖，很多年里都被称为收版税最多的作家。出一本书能卖过100万册的，坦白讲没几个，莫言先生不用说了，他是殿堂级的老祖宗，可是年轻一辈的没有几个，安妮宝贝就是其中之一。安妮宝贝出过散文，出过小说，做过翻译，还曾经主编了一本很重要的文学刊物《大方》，都非常有影响力。

台湾有一位文学评论家詹宏志[1]，曾在评论台湾很重要的女作家朱天心时说，朱天心一直写，越写越深，越写越沉稳。我看安妮宝贝这一两年的作品，比如《春宴》，还有这本《得未曾有》，就有这种感觉。16年来，可以说安妮宝贝越写越深，越写越沉静，无论在情节安排还是人物的感情转折上都挖得很深。

《春宴》是小说，这本《得未曾有》则是报道文学。不过安妮宝贝在出版《得未曾有》时换了一个新的笔名，叫庆山。但她也没有放弃旧笔名，所以她微博上的名字叫“庆山-安妮宝贝”。我猜以后她应该不会再往上加新的笔名了，相反可能会减，安妮宝贝这四个字将慢慢淡出，庆山取而代之成为她新的身份。她在《得未曾有》的自序里说，取新笔名是因为她到了生命的一个新阶段，有了新的思考，于是选了两个她喜欢的字来代表现在的自己。

而她的思考，不仅得自阅读和写作，也通过与他人的交谈领会而来。《得未曾有》采访了四个人物，分别是一位厨子，用独创的方法来做好吃的江南菜；一位摄影人；一位西藏的年轻僧人；还有一位80岁高龄的古琴家老太太。安妮宝贝花了好多时间跟他们交往、聊天，然后把这些人的故事以及她自己的观察写出来。她说这四个人身

[1] 詹宏志，台湾作家、出版人、电影人。著有《绿光往事》《侦探研究》《人生一瞬》等。

份不同、年龄不同，却都在不同的时间点为自己将来的路做了一个决定。看完这四个人的故事，我想到一个字，就是“退”，他们都从原来的工作或生活状态中退了出来。退就是进，这里面的中国哲学含义我们都很明白。那位80多岁的老太太当然没有什么工作可退，她是退回到中国传统艺术当中去，坚持用最传统的方法来弹奏古琴，这也是一种退。在“退”之中，每个人都在为自己的决定承担起新的挑战，结果也开拓了一片新的天空。

安妮宝贝说她的这本书是采访，但其实不同于一般媒体人物报道的写法。她和这些人有非常深入的交往，与其说是采访，不如说是对谈。因为除了记录人物的生活状况和他们的所思所想之外，也加入了作者自己的很多思考。

看完这本生命故事，我不禁自问是不是也应该去开拓一种新的生活方式，为自己展开一段新的生命呢？或者，我本人也写作，是不是替自己取一个新的笔名呢？或许我会好好考虑。

（主讲　马家辉）

地文志

《被遗忘的六日战争》

香港“新界”的一段抗英历史

夏思义（Patrick H. Hase），剑桥大学博士，英国皇家亚洲学会（香港分会）前会长。居住香港逾四十年，长期研究香港“新界”及其居民的历史和传统生活。

英国在1898年与清政府签约租下"新界"，一年后的1899年，"新界"发生了一场持续六天的战争，但是这段历史一直被埋没，不为人知。

所谓香港，是由香港岛、九龙半岛、"新界"三块地区组成。"新界"地方很大[1]，相当于香港岛与九龙半岛面积总和的九倍。

历史上，香港岛和九龙半岛曾经被英国人占有，那是被割让出去的。但"新界"不同，"新界"是租借给英国的。所以到了20世纪80年代中英谈判香港前途的时候，一开始英国人主要想谈"新界"，声称香港岛和九龙半岛按条约永远属于英国，中国只能收回"新界"。对此中国当然不可能同意，我们要全部收回来。

[1] "新界"位于香港地区北部，是香港地区面积最大的部分，连同附近的小岛屿，总面积978平方公里。占香港面积近90%。

英国是在1898年与清政府签约租下“新界”的[1]，一年后的1899年，“新界”发生了一场持续六天的战争。但是这段历史一直被埋没，不为人知，大概到了最近十几年才开始有人慢慢把它挖掘出来。《被遗忘的六日战争》讲的就是这段历史。

这本书的作者是个英国人，叫夏思义。他以前在香港“新界”沙田区港英政府下设的岗位任职，是个当官的；但他同时也是剑桥大学博士，是一名学者，对“新界”历史做过很多研究。他写这本书时参考了诸多重要档案资料，其中包括英国政府的档案，还有第十二任港督卜力[2]和当时香港第二把手骆克[3]之间的很多通信，然后很详细地讲了这六天战争的来龙去脉。

1899年4月，在前一年取得了“新界”租借权的英国准备在“新界”升起英国国旗。当时“新界”大概有9万多人，其中大埔区有9千多人，元朗区有2万多人，主要是这两个地区的民众在升旗仪式三天前的4月14日发起了抗争，不准英国人进入我们的土地。

---

[1] 1898年6月9日，英国与清政府在北京签署《展拓香港界址专条》，租借九龙界线街以北至深圳河以南土地，期限99年。

[2] 卜力（Henry Arthur Blake，1840—1918），1898—1903年间出任第十二任港督。

[3] 史超活·骆克（James Stewart Lockhart，1858—1937），1898年任香港辅政司。《展拓香港界址专条》签订之后，骆克率团对“新界”进行实地调查，8月底完成《香港殖民地展拓界址报告书》。

据夏思义查证，参与抗争的人里面有穷人也有富人，他们不希望土地被英国人占去的理由，第一个当然是出于民族情感。但其实这个理由不是最重要的，更重要的还有其他一些理由，例如谣传英国人会把土地廉价收走，当地人不愿意自己的土地被抢走；还说英国人进来之后，会像在香港和九龙一样，增加很多清洁费之类的赋税；以及英国人会盖很多新式建筑，破坏风水。当时有很多这类关于英国人的飞短流长与猜测，弄得人心惶惶。

抗争发起之后，英国人当然派军队来镇压。一开始"新界"人还能击退英军，虽然他们严重缺乏现代武器，只有效果不佳的十几门火炮，余下都是老式的火绳枪，以及长矛、战刀之类的有刃兵器。但很快，"新界"人便敌不过英军，结果打到1899年4月19日，没办法就投降了。结果在六天的战争里，"新界"的抗英民众大约死亡500人。

这本书里还记录了一些英国人在这场战争中做的很坏的事。比如他们把一个围村的村口铁门抢走了[1]，还作为战利品运回英国。

[1] 围村指由石墙包围的传统中国村落，用以防御敌寇和猛兽，尤以香港"新界"为多。1899年，位于"新界"元朗的客家围村吉庆围被英军攻破，园内铁门被英军作为战利品运返英国，直至1924年归还。

战争结束之后，港督卜力很懂得玩政治，不让提这件事，好像六天的战争根本没发生一样。所以后来几十年的官方档案里几乎没有半个字提到这场战争。“新界”人因为打输了，还死了人，也不提。而且后来他们发现收抢土地和增加赋税都是谣言，于是很快就和港英政府合作了。据这本书考证，有一些“新界”的耆老还跑去港督府，跪在港督卜力面前求他宽恕。卜力很老辣，就请这些“新界”领袖加入政府委员会，一起来管理“新界”。反而骆克是个强硬派，他主张惩罚这些领袖。不过1902年骆克被调走了，离开香港，去了威海卫。

这一段“新界”英勇的抗争历史，我们应该记住。

（主讲　马家辉）

《彩色香港：1940s—1960s》

彩色老照片里的香港

高添强，香港历史及历史照片研究者，另著有（包括合编）《香港今昔》《香港走过的道路》《街角·人情：香港砵甸乍街以西》《九巴同行八十年》等。

黎健强，香港艺术学院高级讲师及摄影科目统筹，香港大学艺术学系哲学博士，主要研究香港及中国摄影历史。另著有《形彩风流：香港视觉文化史话》《香港最早期照片》等。

它在照片里显得那么妥帖、那么安宁，于是你会想，那会不会就是传说中已经逝去的田园牧歌？

大家都喜欢看老照片，尤其是那些关于自己经历过的时代、见过的景物的老照片，又或者是在我们出生之前对我们所熟悉的地方留下的老照片。看到这些老照片的时候，就算我们没经历过照片里出现的场景，都会被挑起一种奇特的怀旧感。这该如何解释呢？

解释起来当然比较复杂，简单来讲，就是我们总是对自己文化上和生活上的根源感兴趣。虽然照片里的世界也许比我们今天的世界更失序、更脏乱、更可怕、更危险，但由于它在照片里显得那么妥帖、那么安宁，于是你会想，那会不会就是传说中已经逝去的田园牧歌？你会觉得它大概比我们现在的时代要好。

《彩色香港：1940s—1960s》就是一本关于老照片的书，作者高添强和黎健强都是香港本地相当重要的学者和评论家。高添强专门做香港的历史研究，黎健强则从事艺术和摄影研究。这本书最突出的地方在于书里的一批老照片都是彩色照片。彩色照片有什么了不起？说来话长。

1839年8月摄影术在法国巴黎正式问世[1]，此后传播非常迅速，短短几年便蔓延全球。1842年8月随着《南京条约》的签订香港被割让，摄影术也几乎同步进入香港，有几位来自欧美的摄影师在香港建立了照相馆，只不过刚开始主要是拍人像，没有人去拍景物。一直到了第二次鸦片战争前夕，香港的景物照片才慢慢出现。之后在将近一百年的时间里，香港的照片和其他地方一样，几乎都是黑白的，就算有彩色的也是人工着色，色彩其实非常失真。所以我们就知道这本《彩色香港》里的照片有多么珍贵了。

书里的140多幅香港彩色摄影，记录的是第二次世界大战之后二十多年间的香港生活景象。它们是最早一批关于香港的高度存真的彩色摄影，从中能够看到一个很接近当时真实情况的香港。

[1] 1837年，法国人路易·达盖尔（Louis Daguerre，1787—1851）发明银版照相法，这种摄影方法的曝光时间约为30分钟，大大缩短了以前所需的时间。1839年，法国政府买下银版照相法的专利权，并于同年8月19日正式公布，这一天被定为摄影术的诞生日。

比如有一张照片拍的是1955年的中区[1]海旁，也就是香港最知名的地区中环。可是从这张照片上，我已经不太认得出这里是中环，因为照片里沿海的那一排房子如今几乎都不存在了，其中就包括香港历史上非常重要的一个建筑——邮政总局大厦。这座大厦在我小时候还有，我是看着它被拆的。很多人说香港不太珍惜自己的历史遗迹，首先不知珍惜的就是当年殖民地时代的政府，因为对他们来讲无所谓，反正房子是他们盖的，他们想拆就拆了。

还有一张照片拍的是1953年启德机场[2]旁边的楼房和巴士总站，这个地方是今天很多人听说过或者去过的香港九龙城一带。照片里的房子都很矮，有意思的是，其中很多房子直到今天仍然存在。这是因为飞机起降对周围楼房有高度上的限制，所以只能盖矮房子，启德机场用了几十年，这些房子也得以几十年保留下来没有拆。不过现在情况变了，因为机场搬了，这里也慢慢起了新楼。

还有一个观光客都很熟悉的香港地标是非常有名的半岛酒店[3]。

---

[1] 中区属于现时香港行政区划之一中西区。中西区包括中区、西区和半山区等几个部分，中区包括金钟、中环和上环等地。

[2] 香港启德机场为过去香港的国际机场，位处九龙城区。1998年赤鱲角的新机场落成，取代启德成为今日的香港国际机场。

[3] 半岛酒店是香港现存历史最悠久的酒店，1928年开业，位于九龙尖沙嘴。

尖沙嘴火车站旧影

香港弥敦道旧影

来到香港的游客可能不会去住半岛酒店，也不会进去吃饭、喝下午茶，但是他们会站在酒店外的马路边拍照留念。书里有一张照片是从半岛酒店的窗口望出去，拍到的恰好是今天人们拍纪念照时会选取的酒店喷水池的位置。但是在这张照片上没有我们熟悉的那条海岸线，也没有难看的香港文化中心，有的是一排更难看的货舱。内地曾是香港最主要的“转口贸易”市场，然而在联合国20世纪50年代通过所谓对中国的禁运令[1]之后，香港的“转口贸易”急速下滑，照片里的这些货舱就都被拆掉了。

还有一张照片也是内地游客很熟悉的地方，但我敢说你从照片上认不出来。它就是20世纪50年代末九龙仓[2]前面的商店，这个商店到后来演变为有名的星光行[3]，即今天全香港最大的商场海港城最接近码头的那一块。大家常常以为它也是海港城的一部分，其实它们只是连在一起而已。在当时的照片上，商店上半部分是用铁皮搭的房子，下半部分却探出一排中国式飞檐，有一种很古怪的混搭风格。其实这个旧貌并不怎么好看，但如果能保留下来的话，也是很有意思的。

[1] 1950年朝鲜战争爆发后，美国等利用联合国大会于1951年通过对中国的禁运法案，对中国实行贸易禁运。

[2] 九龙仓码头是香港开埠初期的货仓码头，于1886年设立九龙仓码头及货仓有限公司，位于九龙尖沙嘴西部海旁，为当时九龙规模最大的码头。20世纪70年代，随着葵涌货柜码头启用，九龙仓码头的地位被取代，码头被拆卸重建，发展成由商业大厦、酒店及商场组成的海港城建筑群。

[3] 星光行曾经是九龙仓下属的游客购物商场，其后被改建，1967年改名为九龙商业大厦，之后再改名为星光行。

香港尖沙嘴九龙仓前面的商店，现在这里是星光行

另一张照片则真的令人扼腕，这是一个应该被完全保留下来的地方，即20世纪50年代末的尖沙嘴火车站[1]和钟楼。现在只有钟楼被保存下来，火车站拆了。可是没有了旁边的整栋建筑物，剩下孤零零的一座钟楼有什么意思呢？尖沙嘴火车站在我小时候还存在，曾是全球最重要的铁路的终站，从这里开出的列车不只到得了北京，还能到欧洲，甚至莫斯科。如今却已是沧海桑田了。

[1] 1904年，广九铁路定线落实，香港的终点站设于尖沙嘴。1914年底，尖沙嘴火车站通车，钟楼于1915年完工，整个车站则于1916年全面竣工。1975年广九铁路把总站迁往新九龙火车站（即红磡站）之后，尖沙嘴火车站大楼于1978年拆除，只有钟楼在市民的要求下被保留下来，并被香港古物咨询委员会评定为法定古迹。

还有一张照片是1960年的旺角弥敦道[1]。与油麻地[2]相比，20世纪60年代以前旺角的商业活动并不频繁，楼都很矮，也看不出街上有多热闹。但这时候的旺角已经开始接近今天的旺角了，若再早十年二十年呢，这些房子后面恐怕都是田地，大片的西洋菜田。

（主讲　梁文道）

[1] 弥敦道早于1860年签订《北京条约》之时已开始兴建，道路原名罗便臣道，以纪念当时的港督罗便臣。1904年，港督弥敦爵士大力发展九龙半岛，扩建弥敦道成为一条主要大道。现在的弥敦道连接旺角与尖沙嘴两个主要的商业区，是香港最著名的街道之一。

[2] 油麻地位于香港九龙半岛中部，与旺角紧密相连，连同尖沙嘴一起，组成九龙最繁华的“油尖旺”区。

《地文志：追忆香港地方与文学》

文学里的香港地标

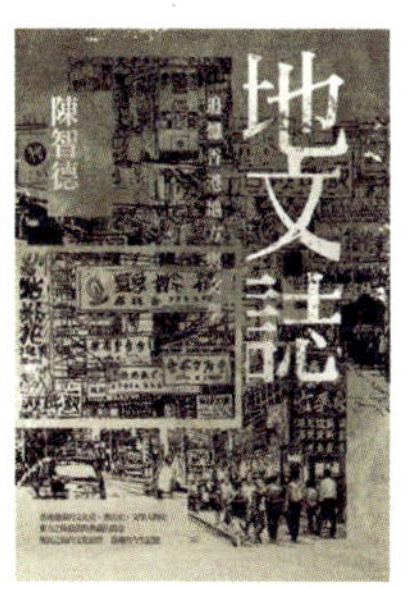

陈智德，笔名陈灭，1969年出生于香港，现任香港教育学院文学及文化学系助理教授。另著有诗集《市场，去死吧》，评论集《解体我城：香港文学1950—2005》《愔斋读书录》《愔斋书话》，散文集《抗世诗话》等。

我们有时也向往遥远的地方、愿意承接更古老的传统、参与更宏大的整体世界，但知每一个出发点，不都由当下脚踏的土地开始。

我还记得20世纪90年代，有一次我去北京，专门拜访了一个国家级研究机构里面的香港文学研究所。和那里的一些研究员谈着谈着我发现，这个专门研究香港文学的研究所，身为一个国家级机构，竟然没有一套完整的《素叶文学》杂志[1]，那可被认为是香港20世纪80年代最重要的文学杂志之一。后来我又发现，其中一些年纪大一点的研究员甚至不知道这份杂志，这让我感到非常震撼。于是回香港之后，我就辗转找到一些还在办《素叶文学》的前辈，问能不能想办法弄一套杂志，甚至我可以自己出钱买，然后免费寄给北京的这个研究所。我觉得这是一项非常重要的资料，一个专门研究香港文学的机构不应该没有。

---

[1]《素叶文学》于1980年创刊，网罗香港、大陆、台湾以及海外的实力作者群，亦不时推介世界各地的知名作家及文学风貌。

素葉文學

68

懷念蔡浩泉

《素叶文学》杂志

结果一位《素叶文学》的前辈和我说，这份杂志他们自己那儿都不齐全了，所以就算了吧。我那时候年轻，听了这话有点气愤、不理解，我想怎么可以算了，怎么这么不在意自己做过的事情？况且这不是你一个人的事，也关系到香港文学和整个文学研究。但后来这件事也就作罢了。过了很多年之后，我再遇到类似的事，就能够体会当年那位前辈说的“算了”，因为这句话也越来越常出现在我的口中。特别是当有人问我香港有什么作家？香港是不是文化沙漠？听到这样的问题我通常也不搭腔了，心里想到的就是那句“算了”。

但有些人是不肯就这么算了的，例如香港非常有名的诗人兼学者陈智德，他写下了这本著作《地文志：追忆香港地方与文学》。我不知道香港以外的读者对这本书会怎么看，但像我这样的香港人，特别是热爱文学的香港人，读这本书是非常有感触的。

书先从近年香港特别流行的一个词“本土”讲起。今天因为这个词带有政治上的歧义，所以往往一谈“本土”，就很容易引起狭隘的联想或很偏执的政见。但是看看作者陈智德怎么讲，他说：

本土经验本就是我们的成长以至更大范围下的共同体社会经验，我们生活其中，也愈发认清我与非我的真幻；是以书写本土绝不等同歌颂本土，本土也有许多负面事物，教我们疾首，我们有时也向往遥远的地方、愿意承接更古老的传统、参与更宏大的整体世界，但知每一个出发点，不都由当下脚踏的土地开始。

这样一个既要追怀又要批判、还要承接更古老传统和更宏大世界的香港本土，到底是个什么样的地方？它会不会太小了，没什么东西好讲呢？陈智德说：“我不想在这里申辩，只想说，香港一地，无论感觉多狭窄，从文学的角度，与地球每寸土地、每个城市都是平等的。我时常自警于本土之可能褊狭和自我封闭，然而‘狭窄’与否本不在乎所写的地方，而在乎执笔者的眼界和文学修为。如果本书最终也沦入‘狭窄’之议，责任在我力有不逮，与香港无干。”

在我看来，这真的是一本让很多香港人，尤其是与陈智德共同经历过相近年代的人会感动得几乎要掉下泪来的书。为什么？它的一个很独特的地方是作者擅长去捡拾一些已经被丢进历史废纸篓的旧事，包括去回顾一些已经停业的书店和已经停办的文化刊物。文化衰退是一个屡败屡战、屡战屡败的过程，是如今全世界普遍存在的现象，香港尤其如此。香港过去几十年里出现过太多有趣的书店和太多好的文化刊物，但这些书店存在时不为人知，这些刊物的经营都很困难。所以它们通常的命运，是书店在不断的搬迁中最终倒闭关门，刊物运气好的话可以办几年，运气不好的话可能办一期就要停刊。我曾经开玩笑说，在香港办杂志，写的最多的文章是创刊宣言，因为创刊宣言发表之后这个杂志也就终结了。

面对这种情况，难怪香港会被很多人说成文化沙漠，我想其中一个重要理由，就在于大部分香港人在不断地忘记自己的城市。香港人会讲究中文字体的正宗性，却不关心香港有过哪些中文写作，也不关心书店的命运。

陈智德这本书里讲了很多书店的故事。例如在其中一篇《广华书店和它的灰尘》里，陈智德在广华书店关门前的最后一天再次走进这家书店，他说:

不觉走进书店深处，经过一道平日关闭而今敞开的门，走进从没有到过的一所密闭房间，内里满布大部头、沉甸甸的各种中英文学报，除了部分放置墙壁四周书架，更大部分从地面一直堆叠至楼顶天花，像旧式米铺内堆放的米。书的气味混和浓烈的尘埃气味，像米的气味。厚重学报像精密的隔音装置，房间完全寂静，我再听不到打铁烧焊声，密闭空间封锁了时间，堆叠是它的言语，从空洞中发出回音。

这里是书店的心脏，又像是书店的母体、一切书籍和各种文字意念的出生地。还是相反，是这书店一早为自己准备好的墓穴？仿佛预知一切书籍和文字意念最后的去处。

最后就是这样，在这个安静的墓穴里面，所有的书被尘埃掩埋、吞噬，或者将被送到废纸处理厂燃烧成灰，化为无尽的虚无。

这本书除了用一些比较短小的篇幅去回顾香港过去的书店和文化活动，满足了我们这代香港人的怀旧情结之外，更具分量的是上卷的10篇文章，它们用较长的篇幅写了香港的一些地方，比如九龙城、维多利亚公园[1]、北角、旺角、红磡、屯门、湾仔，还有达德学院[2]，甚至儿童乐园。这些文章和我们通常所见的地方志不一样，正如书名所透露的，它们是一种地文志。什么意思呢？陈智德身

[1] 维多利亚公园位于香港岛铜锣湾，1955年建成，是香港市中心最大的公园。

[2] 达德学院是于1946—1949年间在香港建立的一所大专学府，抗日名将蔡廷锴将军将其私宅“芳园”借给学院作为校址。今香港屯门何福堂会所内的马礼逊楼即达德学院曾经的主楼，2004年被列为法定古迹。

为一个文学史研究者，同时也是对香港怀有深厚感情的香港人，所以他写香港各个地方的时候，不只描述它们的前世今生，更讲述了这些地方是如何在文学作品里得以呈现。换句话说，他是借着文学史和地方史两者之间的呼应来谈对这些地方的看法。而他的写法，不同于一般的不带感情的学术考证，而是以深厚的情怀写就的散文，甚至行文中间还夹杂着他自己的诗，仿佛以前的文人写着写着来上一段“有诗为证”。于是，整篇文章最后给人一种很梦幻的感觉，一方面追述这个地方的历史以及黎民百姓的生活变迁，一方面呈现这个地方与文学之间的关系，让我们看到文学是如何保留下来其他资料里所看不到的细腻的真实。

以第一篇《白光熄灭九龙城》为例。写九龙城[1]这个地方，就不能不提香港最重要的古迹之一宋皇台[2]。民国成立之后有很多前清遗老来到香港，在这块不属于民国范围的殖民地上，他们最喜欢题写歌咏宋皇台的诗歌，遥远地怀念那个已经被颠覆的古老而沉重的帝国。因为此地记载了宋帝昰和宋帝昺为元兵所逼逃亡到南方化外之地的这段历史，最能够表达这些前清遗老对已故清朝的感情和看法。

[1] 九龙城是香港十八区之一，位于九龙半岛。

[2] 宋皇台本是九龙城以南海滨山坡上一块大石，传说为南宋末年宋帝昰和宋帝昺为元朝军队追逼逃至九龙城一带时曾登临的大石，后人为纪念此事，在石上刻“宋王台”三字。后为保护古迹，挪至临近地方，辟为公园。

香港宋皇台古迹

然后还写到了九龙寨城[1]，九龙寨城曾经是世界建筑史上的一个奇迹，很多建筑学者都写过研究专著。可惜到今天，这里被完全铲平，一点痕迹都看不见了。陈智德讲到小时候去那里找一些没有行医执照的牙医拔牙——这也是很多香港人共有的经验——因为价格便宜，拔牙技术其实又很专业。

他这样描述童年记忆中的九龙城：

[1] 九龙寨城曾是位于九龙城区的一座古城，占地约2.7公顷。1898年《展拓香港界址专条》签署后，九龙半岛与“新界”成为殖民地，但在清政府据理力争下，九龙寨城仍归中国管辖，成为位处英国殖民地的中国飞地。之后，由于香港警察、殖民地政府无权进入，中国的政权又拒绝管理，九龙寨城顿成罪恶温床、贫民区，更有“三不管”（即内地不管，英国不管，香港不管）之称。1993年九龙寨城被拆除。

追随哥哥、众位表姐和表哥，攀上高耸而狭窄的木楼梯，我像一只流窜的蟑螂。有时在梯间与拿着空漱口盅到大排档买白粥的大人打个照面，我侧身让过，梯间响彻我喜听的木屐踀踀之声。屋内大人在搓麻将，小孩在走廊玩，黑白电视传来真的枪声，教我们知道远方有战争，我特别记得大人物逝世和有人被审判的新闻画面，大人们有的切齿愤慨，有的低声惋叹。傍晚过后，收音机播送鬼故事，再传来一首又一首粤曲，锣鼓喧天，女声婉转，夹杂众人不息的争闹，我不知应该掩耳，还是学习。

俯瞰九龙寨城

九龙城这里也许有个消失的地方至今还保留在人们的记忆里，那就是香港过去的启德机场，曾经也被认为是世界奇观之一。我和一些老资历的机师谈起启德机场时，他们还说降落启德机场是永生难忘的经历，因为那是很了不起的事情。当年这个机场就建在九龙城的核心地带，尽管机场周边的楼已经被刻意限制高度，然而站在九龙城区往上看，仍会感到飞机鲜明的肚子好像是贴着楼顶飞过。而飞机上的乘客仿佛是坐在惊险的游乐设施上，以一个不可思议的角度切进香港的核心地带。机场附近则喧喧闹闹，每隔几分钟就能听到飞机起降的噪声。可是陈智德却讲了这么一段，他说昔日九龙城的中学生爱到启德机场温习，“因为座位多，又凉快，而且那最接近飞机的地方，反而是整个九龙城唯一听不到飞机巨响的所在”。这也是很多香港人共有的记忆。

他还提到在香港移民潮期间，有无数的人经过启德机场离开香港，“启德机场成了同学间最后话别之所，那几年间，我们熟悉机场甚于图书馆。那时并不知道，移民的人若干年后又举家回流”。那时候是这样的，每个月到机场去送别同学几乎变成一个固定的仪式，我们都说要珍重、要写信、要保持联系，每个走的人都很难过，告别同学甚至男女朋友，带着一些卡式录音带离开香港。接着，陈智德又跳回现在的时光，在启德机场早已结束运营之后，他重新回到没有飞机升降的机场客运大楼。在他想象的场景里，他仿佛看到和听到：

从启德机场禁区走出接机大堂，没有接机的人群，却有纷纷絮絮的语声，航班告示板不断变换数字，最初是航班号码，渐渐变成了年份，最后是由十至零的倒数，带着一个城市的时间亮光，闪烁了几下，再熄灭。启德的年代就这样终结，唯独告示板上的数字不放弃自己的言语，始终发出那“跶跶跶跶”的声响。大堂到处是互相迎送的人群，发光指示板把他们都照成鲜黄色，我认出了当中有几位多年未见面的旧同学，但没有上前相认，只缓缓向大堂出口那淡色的世界走过去。离去前在门边回头望向禁区倾斜的下坡路，一众旧同学向我挥手，祝我一路顺风，我迟疑了一会儿，逐一凝视、努力记住了每一个人鲜黄色的面容，也向他们挥手并道：有空一定会写信回来给你们。

（主讲　梁文道）

《香港重庆大厦》

世界中心的边缘地带

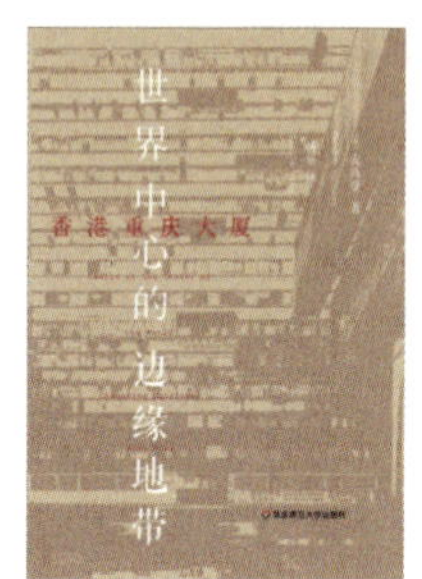

麦高登（Gordon Mathews），香港中文大学人类学教授，另著有《全球文化/个人身份：在文化超市中寻求家园》《人生的意义是什么？日本人和美国人如何理解他们的世界》《香港，中国：培育国家认同》等。

世界上一百多个不同国家的人聚集到重庆大厦来，不是因为那儿有便宜的旅馆住，有便宜的东西吃，而是因为那里提供了各种各样的机会，其中最主要的就是贸易活动。

很多人都听说过香港有这么一个地方，叫作重庆大厦[1]。王家卫有一部电影《重庆森林》，就是以重庆大厦为主要拍摄场所，很多人看了这个电影之后，便对重庆大厦有一种浪漫遐想，向往去看一看。但你以为你真的会在这个地方碰到梁朝伟或王菲吗？当然不会，那只是电影。真实的重庆大厦到底是个什么样的地方呢？

坦白讲，从能找到的很多文字和报道当中，都很难了解重庆大厦的真实面貌，甚至一般的香港本地人也都不了解，因为很多香港人一辈子都没进去过，或者只是路过就赶紧跑。为什么呢？因

[1] 重庆大厦位于香港九龙尖沙嘴弥敦道36-44号，由五栋17层连体式楼宇组成，建于1961年。

重庆大厦

为，假如你是一个单身女子，夜晚路过重庆大厦时，总会在大厦门口以及对面人行道的栏杆上看到很多黑色皮肤的人，两眼发光地看着你。也有人走过时，会被守在那里的人搭讪，问你“要吃饭吗？楼上有很好的印度菜、巴基斯坦菜……”。又或者，当你表现出一个游客的身份时，他们会上前给你看一些照片，里面有冒牌的劳力士等名表，劝你购买。还有一些欧美记者是这样形容重庆大厦的：

有些家长的孩子在亚洲背包旅行，家长最担心害怕的就是重庆大厦……世界上最锦绣繁华的一个城市，却有这样一个藏污纳垢和鱼龙混杂的廉价住处，更不用提它里面有多少潜在的火警和健康问题了。

重庆大厦是独一无二的地方，我能在一个戴眼镜的克什米尔老板那里同时买到性玩具、周杰伦的盗版光碟、一本全新皮质封面的《可兰经》，他居然还能用五种货币找钱给我。我还能在重庆大厦的走廊过道和楼梯间，买到飞往孟买的打折机票、两千只TAG Heuer牌子的伪劣手表，或买一张能不限时数致电尼日利亚拉各斯的电话卡……你能消失在这个地方。

重庆大厦为背包旅行的人提供非常廉价的住宿，同时也是许多非法活动的庇身之所，包括容纳非法逗留的人。这是个罪恶滋生的温床，有毒品交易、性交易等等，世界上所有的丑恶行径你都能在重庆大厦找到……就个人来说，我只会去那里吃咖喱。

确实，我知道很多人去重庆大厦就是为了吃那里的印度菜，那些印度菜馆在高层，通常是搭电梯或者走几道楼梯直接上去，这样就能避开在一二层会遇到的事情。那么，让众人包括记者在内感到恐怖的一二层，会是一个什么样的世界呢？有一本书《香港重庆大厦》，为我们揭开了这个世界的神秘面纱。作者麦高登是近十几年来人类学界一位非常有名的学者，现任香港中文大学人类学教授，这本书是他花了很多年时间带着研究助理们研究重庆大厦的一个成果。可是重庆大厦为什么值得研究？尤其为什么值得人类学家研究？写一本书专门谈一个大厦，是不是很莫名其妙呢？我们先撇开这些疑问不管，来看一看到底重庆大厦有着什么样的面目。

重庆大厦全貌

麦高登这么写道：

每晚大约有4000人留宿于重庆大厦，我在不同旅馆邂逅了129个不同国籍的人，从阿根廷到津巴布韦，包括不丹、伊拉克、牙买加、卢森堡、马达加斯加，甚至有马尔代夫的人。

你跨过马路走近这个入口，看见那附近站了许多跟一般香港人不一样的人，他们也不像是弥敦道的购物者。假如你是华人，进入大楼后可能反而觉得自己是少数民族，茫然不知所措。假如你是白人，也许会下意识地捂紧钱包，不安之中还带有第一世界国家的愧疚。假如你是女人，可能还有点不自在，因为你周围有一百多双虎视眈眈的男性的眼睛。

换一条路线进入重庆大厦的话，麦高登又说：

如果你从附近么地道（Mody Road）[1]的港铁出口出来，转一个街角来到重庆大厦，会对大厦有一个更加全面的了解。你首先见到一家7-Eleven，那里晚上总有一大帮非洲人站在过道中喝啤酒，或是聚在店门口。附件还有一些印度女人穿着灿烂夺目的莎丽，假如男性瞄她们一眼，她们就会报价，然后跟着走几步以确定该男子是否对她们的性服务感兴趣。当然，招引来的还有其他诸如蒙古、马来西亚、印度尼西亚等国家的女人。还有一些南亚的男人，他们会向你兜售西装定制服务，“特价西装，只给您这个价”。然后后面可能跟上来一群卖假表的人，提供各种名牌手表的赝品，价格仅为正品的一小部分。一旦你流露出一丝兴趣，他们就会带你走进附近大厦的阴暗小巷。

你穿过距离重庆大厦大门大约三十多米的么地道，如果来的是时候，会见到一群贩子替大厦内几十个咖喱餐馆当托儿，类似中介。你最好要么不理睬他们，要么赶快决定跟着一个托儿去其餐厅，不然会被贩子党团团围住。如果你是白人的话，会有一个年轻男人神不知

[1] 么地道是位于香港九龙尖沙嘴的一条连接弥敦道和漆咸道的道路，道路名称用以纪念印度商人么地爵士（Hormusjee Naorojee Mody）捐款协助香港大学成立及其他对香港的贡献。么地道地底设有一条行人隧道，沿途有多个出入口，可通往港铁尖东站及尖沙嘴站。

鬼不觉地凑到你耳边小声问："来点大麻？"你若想再问下去，说不定还能问出其他的什么药来。到傍晚时分，你踏上重庆大厦门口的台阶，一些南亚裔的旅店托儿会跑来说"我能给你一间好住处，才150港币"……

你终于逃离了这些夹攻，然后发现自己掉进了重庆大厦的人流漩涡，也许你一生都没见过这么多人簇拥在这么一小块地方。眼前的景象非同寻常：穿鲜艳长袍、嘻哈服装或不合身西装的非洲人，头戴无沿平顶小帽的虔诚的巴基斯坦人，穿伊斯兰教黑色罩袍的印度尼西亚妇女，穿中短裤挺着大啤酒肚的老年白人，还有一些仿佛是来自上一个年代难民的嬉皮士。尼日利亚人大声喧哗，年轻的印度人把手搭在彼此的肩膀上谈笑风生，还有一些中国内地人看起来掩饰不住对这一切的惊讶。你很可能还会见到南亚人推着手推车，搬运三四个标有"拉各斯"[1]或"内罗毕"[2]的大箱子，非洲人拉着塞满了手机的行李箱，还有掌柜们贩卖着各种各样地球上能找得到的东西……

这便是重庆大厦的外观，是不是很神奇？可是麦高登透过这些纷纷扰扰的现象要研究什么呢？他进入这个世界之后发现了什么呢？

---

[1] 拉各斯（Lagos）是尼日利亚旧都和最大港市。

[2] 内罗毕（Nairobi）是东非肯尼亚的首都，也是东非最大的城市。

在揭晓答案之前，我先换个问题请大家思考。提到全球化，你会想到什么？一般来说，假如我们要在心里为全球化勾勒出一幅画面的话，那会是一些西装革履的人，拿着手提电脑或iPad或先进的智能手机，穿梭于世界各大机场，随时与不同时区的人进行商务洽谈和贸易往来。他们出入的场所应该是世界各大城市的金融中心，例如香港的中环、上海的浦东、北京的国贸。又或者你会把全球化联想为一些不断跳动的经济数字，以及在全球的银行账户上面滚动不息的各种热钱和资金。

但是你有没有想过，现在无论在广州还是义乌，都能看到越来越多的非洲人，那么这是不是全球化？香港有大约20万来自菲律宾、泰国、印尼等东南亚国家的女佣，这是不是全球化？在非洲的很多城市如内罗毕或拉各斯，那里的人们大量使用着从中国香港或南方收集转运来的旧手机，这是不是全球化？通常我们看到的都是一个光鲜亮丽的全球化，可是我们忘记了这个世界上还有另一种低端的全球化，它有时就在你眼前，只是你没注意到。而人类学家麦高登之所以关注重庆大厦，理由就是这座位于亚洲最为全球化的大都市香港的核心地带尖沙嘴弥敦道的大楼，正是低端全球化的典型范例。非常吊诡的是，重庆大厦是低端全球化的集中发生地，但它的对面是半岛酒店，里面住的却可能都是高端全球化的参与者。

麦高登对低端全球化的定义是，“人与物品在低资本投入和非正式经济（半合法或非法）情形下的跨国流动，其组织形态常与发展中国家联系在一起”。以实例来说，“在低端全球化之下，非洲商人提着塞满几百个手机的行李箱回到家乡，南亚临时工给家里捎去几百美元的应急钱以及超乎想象的经历和故事。虽然跨国公司是各种新闻报纸财经版的主要讨论对象，但它们对普通老百姓意识层面上的影响微乎其微。而对于在重庆大厦工作和生活的人来说，许多小商贩和非法工作者带来的货品、想法，包括媒体都对人们产生了深远影响”。

麦高登又形容重庆大厦是一个世界中央的贫民窟，因为它“位于香港，但它不属于香港。它仿佛是一座来自发展中地区的外星孤岛，降落在香港的中心地带，这才是令大家畏惧的地方，而并非什么犯罪问题所导致”。这也是他为什么会将此书副标题取名为“世界中心的边缘地带”。“边缘地带（Ghetto）一般定义为‘由于社会、法律、经济压力的原因，一群少数民族集中居住在城市中的一个地区’。然而，重庆大厦只是一座大楼而非地区，其中的居民也不仅仅属于一个少数民族，而是包括了各种各样民族背景的人……可是重庆大厦就算被看作是一个边缘地带，也不算典型。大厦中多数人作为低端全球化的工人和零件，其生活样貌还是十分资产阶级的，他们代表了南亚和非洲发展中国家的努力奋斗的中产阶级……对于许多工作生活在大厦里的人来说，‘世界中心的边缘地带’是他们的希望之光，是逃离发展中地区穷苦生活和通往锦绣前程的机会。”

说过麦高登的研究意图之后，我们再来谈一谈重庆大厦作为研究样本有哪些特点，这其中关涉现在人类学表现出的一些新倾向。传统意义上的人类学家，一般以少有人去的偏僻部落作为研究对象，后来也有以一个城市为观察对象的，这些通常是一个范围更大的地区。但也有一些学者例外，会选取很小的区域来研究。麦高登就更是例外中的例外，还很少有人会像他那样只去研究一栋大楼。第二个人类学的新倾向是不再只关注一个地方，而是关注几个不同地方之间的关系。因为在今天这个时代，我们早已意识到地球上没有一处是孤岛，每个地方都充塞着各种人流、物流与观念流的联系。人类学家发现，不能孤立地研究一个地方，除非那真的是一个从没有外人接触过的原始部落，否则总得把它和别的地方联系起来。所以麦高登讲他们的研究方法是，“尝试以重庆大厦为基地，寻找其经济网络。单是一座重庆大厦就可以写出全球性的民族志，我们的旅程让我们对于大楼与其中的物品交易和交流有更深层次的理解，推导出它在发展中国家之间有怎样复杂的联系作用”。

通常人类学家写民族志的时候，都要报告一下自己是怎么进入现场的，麦高登也不例外。那么我们来看一下这位在香港一所名校里教书的外籍大学教授，是如何进入重庆大厦这个复杂混乱的世界里的。原来在过去的很多年，他每个星期都固定在其中的一家旅馆睡觉，混在大厦里面与人聊天，偶尔也做一些正式的访问。在这个过程中，麦高登写下很多他自己非常好玩的经历。比如后来有很多媒体记者听说了他，就来找他了解情况，通常他会警告女记者不要穿得太少，可还是有人不听他的。结果最尴尬的一次，我们这位教授晚上被七个谎称是警察的穆斯林敲门，他们要确认教授有没有把年轻女记者留在房间过夜。如果教授做了他们认为是不道德的事，他们就不想和他做朋友了。好在我们的教授十分道德，他只是和女记者做完访问，然后一个人在房间里睡觉。在这栋大厦里，有人吸大麻，但也有一些严格的穆斯林在监测你的行为是否规矩，这就是麦高登走进去之后看到的重庆大厦。

随着这本书的展开我们可以看到，低端全球化主要处理的是贸易活动。世界上一百多个不同国家的人聚集到重庆大厦来，不是因为那儿有便宜的旅馆住，有便宜的东西吃，而是因为那里提供了各种各样的机会，其中最主要的就是贸易活动。你可能觉得，不就一座大楼嘛，能有什么了不起的贸易。不错，重庆大厦外表看起来只是一座大楼，但里面有很多来自不同地区尤其是非洲的人在相互做买卖，而某种商品主要就是通过这里被转手到各个国家的。比如作者根据2007年至2008年的贸易活动统计估计，撒哈拉以南的非洲地区有20%的手机销售自重庆大厦。想想看，这是不是一个很惊人的数字？

但是麦高登的一些朋友，包括在重庆大厦做生意的人还告诉他，其实他低估了这个数字，因为还有大批中国南部生产的手机也会通过重庆大厦转运到非洲和其他地区，这些手机被储藏在重庆大厦及周边的仓库里，由商人安排运往别处。如果把它们也算进去的话，那数量就更可观了。这都是些什么样的手机呢？绝不是我们平常在广告上看到的种种高端手机，像三星、苹果之类，它们有的是中国内地的手机品牌，比如极泰（G-Tide）或Orion；有的是内地制造的无牌手机或者冒牌货，比如Sory-Ericssen，不是Sony Ericsson（索爱），而是“对不起”的那个英文单词发音的Sory-Ericssen；另外还有十四天手机。十四天手机是欧洲品牌，是那些在十四天之内因质量问题被消费者退回的手机，修一修之后又拿出来卖。此外当然还有二手手机。所有这些手机都集中到重庆大厦来，再转运到世界各地，其中主要就是撒哈拉以南的非洲。

麦高登说这里面当然可能存在一些很严重的问题，比如“多少商人用贩毒和武器交易赚来的钱买手机洗钱？这种现象在某程度上一定存在，但是我认识的卖家绝口不提这个问题，他们不过是做生意的。如果‘肮脏钱’被广泛定义为‘从合法经济以外赚取的钱’，那么重庆大厦里过手的钱几乎都很‘肮脏’，不过那些买家和卖家可不认为那些钱‘肮脏’”。

比如书里有这么一个例子，一个在重庆大厦的避难者给麦高登讲了一则关于加纳黄金商人的奇特故事。有一天这个避难者在重庆大厦门口遇见一个满嘴金牙的加纳男人，那个男人想吃饭，于是避难者就带他去重庆大厦一家无照经营的加纳餐厅吃饭。一天之后，避难者又遇见了他，却惊讶地发现他满口的金牙全部换成了白牙。这是怎么回事呢？原来这个加纳男人的家里穷困潦倒，家中总共有十口人，他是其中最小的儿子，后来他的哥哥建议去做黄金买卖，于是他们开始从非法矿工那里倒卖黄金给中间商。但中间商盘剥太狠，他们根本赚不到什么钱，就想了个办法，把他的牙齿打掉装上金牙。他戴着这些金牙来到重庆大厦，会有一个来自中国内地的人在两个小时之内给他的32颗金牙完成拔牙、称重、算钱的全部过程，这笔黄金买卖就做成了。然后他再装回一副白色假牙，回到加纳。

根据这些重庆大厦的外国人描述，他们中的大部分人都有被香港本地华人歧视的经历，就算是那些祖上已经有好几代生长在香港的巴基斯坦人、孟加拉人、印度人，仍然会投诉本地社会不接纳他们。由此可见，香港并不是一个想象中那么宽容的地方。很多在重庆大厦做生意的香港华人业主，可能从不和里面的外国人打交道，一些来自中国内地的业主也不愿意和他们打交道。而那些外国人彼此之间怎么相处和交流呢？他们用很多种复杂的语言。大部分人主要还是用英语，但也有这种情况，一个伊拉克人和一个尼日利亚人聊着聊着发现，他们都曾经在瑞典待过十年，于是他们马上转换到瑞典语来交谈了。大厦里面随便一个商店经理，可能都会用六种不同的语言来做生意。而这样的世界，离香港本地华人很远，即便是重庆大厦内的华人，无论香港的还是内地的，也都离这个世界很远。

直到今天都有很多人觉得，香港的重庆大厦是个很危险的地方。一些旅游指南里会说，假如你想体验睡到半夜从天花板里掉出一窝老鼠，那你一定要住重庆大厦。此类说法现在仍很常见，于是久而久之，大家觉得重庆大厦里往来穿梭的那些外国人，尤其那些在华人某种奇怪的种族歧视下被视为低等外国人的深棕色和黑色皮肤的人很危险，他们大概都是些穷光蛋、瘾君子，都在做非法交易。

也许确实有很多人在做非法交易，但他们真的是穷光蛋和瘾君子吗，真的很没文化很野蛮吗？并非如此。我们再来看几个有趣的故事。

那些在重庆大厦做买卖的人，别看他省吃俭用住便宜的旅馆，吃便宜的餐厅，但是他回到自己的老家可是一个有钱人。否则他不可能每隔一两个月就搭飞机往来一次香港，这笔钱在他老家可是天文数字。麦高登就曾经跟一个认识的印度朋友回过他的印度老家，这个印度朋友在香港是非法劳工身份，偶尔还要因此躲避警察的检查，而且收入很低，一个月才一千多块港币。虽然这点钱在香港几乎很难维生，可是在他老家只有他盖得起房子，还买了摩托车，全村的人都以这个在重庆大厦非法打工的人为荣。你能想象吗？

还有一种人更有趣，就是避难者，也就是到香港申请政治庇护的人。2009年的时候，香港大约有6000个这样的避难者，大部分来自南亚和非洲国家，大部分也都集中在重庆大厦。这些人之所以选择来香港，是因为香港入境非常容易，几乎没有限制。他们来了之后，就马上跑去香港的国际难民公署申报难民身份，一旦被确认难民身份，他们就可以移居到美国、加拿大或欧洲国家等地。只不过这个时间非常长，有人在香港一等就是好几年甚至十年。

在这些避难者当中，有些其实是假装政治难民的经济难民，但也不乏真正的政治难民，他们是什么样的人呢？麦高登在重庆大厦里也做过很多义务工作，比如教英文，因此便接触到一些政治难民。他说："我经常惊讶地发现班里有的学生在他们祖国是名人（有几个人在网上是热点人物，有一个人早前曾作为一个政治选举发言人出现在CNN，结果在警察抓到他之前逃离出国），他们真是既聪明又乐于发言（引用一位学生的话：'教授，你在这件事情上的观点有五个错误的地方，让我逐一向您解释。'）……"所以这里面有一些是很牛的人。

当然不要忘记重庆大厦里还有很多游客。麦高登写到一些从中国内地来的游客，其中一个用粤语告诉他："我从来不知道这里有这么多非洲人，太吓人了！"另一个则向他抱怨："我想吃中国菜，但是这里根本没有中国餐馆。为什么一间都没有呢？香港不是中国的一部分吗？"还有一些游客则是梦想家，长期寄居于此。比如麦高登提到一个年长的阿尔及利亚-加拿大作家，他"喜欢写间谍小说，并给我看他那些让人读不下去的章节，希望我能提一些英文语法上的建议，但是我完全不知道该如何回应"，然而这个人总觉得自己有一天会成为一个了不起的间谍小说家。还有一个土耳其中年男人，"看起来仿佛是来自西方60年代的嬉皮士，他向我描述了他穿越亚洲的旅程以及写一本关于伊斯兰的书的计划，结果我们所在的小食摊的职员用乌尔都语嘲笑道：'为什么教授要跟一个傻瓜说话？'他不是傻瓜，而是一位梦想家，正如重庆大厦中的许多其他人一样"。

重庆大厦里各种各样的人在打交道的过程中，也存在着种族歧视。种族歧视几乎可以说是人类的痼疾之一，有各种各样基于某种刻板偏见而来的关于各国、各民族的笑话，在这本书里也能看到很多这样的例子。"南亚人告诉我，他们认为非洲人'智商低'及'天真'；而非洲人说南亚人'只会计划和思考怎么做生意'；印度人认为巴基斯坦人‘总是想打架’；东非人则说尼日利亚人不可信：‘如果你发现有尼日利亚人住在你隔壁的房间，赶快换房，不然尼日利亚人会施法害你。’”

但是所有人来到这里，目的都是为了挣钱，挣钱能够让大家和平相处。这个全球化的铁律，即便在低端全球化里也行得通。比如巴基斯坦人和印度人，他们的祖国常常处在战争边缘或敌对状态，可是在重庆大厦，他们就算互相有点瞧不起，还是会和和气气地相处。为什么？反正都要住在这儿，而住在这儿就是为了赚钱，打架又不能赚钱，所以没什么意思。如此就成就了我们现在看到的重庆大厦。

（主讲　梁文道）

《四分之三的香港》

繁华之下的本色香港

刘克襄，台湾作家，出生于1957年，本名刘自愧。从事自然观察、历史旅行与旧路探勘多年，已出版诗、散文、长篇小说、绘本和摄影作品多部。主要作品还包括《少年绿皮书》《野狗之丘》《11元的铁道旅行》《十五颗小行星》《风鸟皮诺查》《永远的信天翁》《里台湾》等。

英国《经济学人》杂志把香港列为世界最宜居住的城市，不少人才注意到香港拥有广达75%的郊野，长期以来竟被外人忽视。

一个人旅行次数多了之后，就会对寻常的旅游体验感到厌倦。比如去过巴黎十次之后，你还想再去卢浮宫排队看蒙娜丽莎吗？你不会的。也有些人，去过十次巴黎都还没有去卢浮宫看过一次蒙娜丽莎，为什么呢？因为他觉得那不是真实的巴黎。

所谓的真实是指什么呢？

今天凡是重要的旅游城市，那里大部分观光景点都是被规划好的，我们早已在书上、杂志上和电视上对所有这些旅游城市该去的地方耳熟能详。这时候旅游是什么呢？其实无非是当地人制造出来的一些幻境，让你以为自己来到了这座城市，然而当地人并不在那里生活。

比如威尼斯，这个城市每年吞吐几千万人，但真正住在那里的如今只有两万人。大部分在威尼斯工作的人，都是每天一大早乘着船或搭铁路进入岛上，下班之后再回到陆上生活。换句话说，我们可以把威尼斯想象为一个由众多演员在扮演古装戏的游乐场，供全世界的游客抒发幽古之思，感慨这里好浪漫好漂亮，却没有意识到这一切虽可见，实际上只是人为虚构出来的一种情境。所以经常旅游的人就会开始想看一些真实的东西，去那些本地人会去的而不是游客蜂拥的地方。

我本人也有这种攫取本地人生活经验的欲望，但有时也会怀疑自己这样是不是太冒犯了。一个城市精心设计了一个旅游环境给我，而我不要，偏要混进本地人的社区，了解当地真实的状况，这会不会闯入了人家不希望我踏足的地方呢？甚至，这个所谓真实的地方可能连很多本地人都不知道。

讲这么长的开场白，是为了引入这本书，《四分之三的香港》，作者刘克襄。刘克襄是台湾非常有名的作家，也当过很多年编辑，他是华语世界里面最早一个有恒心去探索自然文学写作的人。从20世纪八九十年代开始，刘克襄就专注于写自然，他写流浪狗、写鲸鱼、写信天翁、写漫山遍野的花草树木，他要把自己锻造成一个在西方文学世界里常见的自然主义类型作家。当然，自然并非刘克襄唯一的写作题材，但是今天谈起自然写作已经不能不想到刘克襄，想到刘克襄也就不能不谈起自然写作。

如此热爱大自然的一位台湾作家，当他来到香港，因为担任驻校作家需要在这个五光十色的大都会里滞留很久，他会喜欢这个地方吗？平常人来香港自由行，不都是去广东道[1]、弥敦道吗？拿起一本香港旅游指南，不也都是在讲去香港怎么购物，怎么吃喝玩乐吗？刘克襄在这里看不到鲸鱼，也看不到他喜欢的大山大河，那么他会看到什么呢？他看到的就是这本书名里所讲的，“四分之三的香港”，他还说这是一个真实的香港。而我觉得他的这本书，是连一般的香港作家都写不出来的。怎么讲呢？这要从头细说。

在刘克襄动笔写这本书之前，当他从香港回到台湾的时候，他想召集台湾的山友也即大陆所讲的驴友，组团到香港健行。结果大家听了他的建议觉得很好笑。可能很多大陆人不了解，在台湾，有超过一百座海拔三千米以上的大山，号称“百岳”。崇山峻岭在台湾岛上像屋脊一样连绵拔起，是整个东南亚都很罕见的雄壮风光，跟一般人印象中台湾的小资、小甜蜜、小清新情调非常不同。所以说，台湾的山友已经很幸福了，他们当然会不理解为什么要去香港。刘克襄在书里记下他们当时的反应是非常惊讶：“‘郊野公园是什么？’或者，更好笑的，‘香港有山吗？’‘香港还有乡下

[1] 广东道是香港九龙油尖旺区的一条主要道路。

吗？’”然后刘克襄说：“这样轻薄、困惑的粗浅认识，晚近仍经常出现于亲友聊及香港的聚会场所。再听说，我竟搁置台湾大好山水，时常飞往香港行山，更难以置信。可见大家对香港的山峦和乡野十足荒疏，甚至形成某一习以为常的偏见。”

接下来刘克襄说：“二〇一二年七月，英国《经济学人》杂志把香港列为世界最宜居住的城市，不少外人才注意到，香港拥有广达百分之七十五的郊野，长期以来竟被外人忽视。一个看不见的香港自然，终于浮出台面。”香港是丘陵地形，属于典型的华南地理风貌，只能在丘陵与丘陵之间的狭小谷地建房子，或是填海为陆。那些建不了房子的丘陵地带就只好任其荒置，于是就形成香港这么一块人口密集到连居住都困难的地方，居然很奢侈地有四分之三面积是自然风光的情况。但是很多人对此并不了解，大多数人心目中的香港是被金紫荆广场、维多利亚两岸的高楼等这些现代建筑挤占了，不知道在这个沿海港口的海岸后面，就是很多的山野和绿树，而这些山野绿树构成香港很独特的一种都市面貌。

许多人会称许新加坡是花园城市，但那是一个人工营造出来的花园城市。香港和其他大都市不一样，街上没有什么行道树，没有多少自然景物，但是从中环坐车用不了十分钟就可以到山顶上面，那里不仅有绿色植物，甚至能碰到一些小型动物，像黄猄、山猪等。这是不是有点不可思议呢？

刘克襄对香港的城市面貌这样评说：“虽说亚热带森林的本色回不去了，大片山野还是有着郁郁青青的自然模样。它保留着几近百分之七十五的郊野，跟紧密的水泥大楼森林遥遥相对。一个高密度发展的国际城市跟自然和谐相处，或紧张的并存，这里隐隐然是最经典的案例。”他形容这种案例诞生出来一种美感，叫做南方生态美学。他又说：

山峦虽无葱茏之相，险峻磅礴者却不少。它们因紧邻海洋，海拔从零拔升，顿然高耸矗立，遂拥有台湾三千公尺高山的气势。比如大东山、凤凰山和马鞍山等便展现这般壮阔和峻峭。

又譬如，万宜水库[1]附近地质所展现的奇陵巨岩，我们居处台湾，可能还得远到澎湖群岛，才有机会目睹玄武岩的奇诡。此地却是都会海岸边的天然风景，转个弯，一趟短程的士即可到达。

上抵凤凰山、马鞍山等陵线，那又像在台湾纵走能高安东军[2]

[1] 万宜水库位于香港西贡区，是香港储水量最大的水库。亦成为全港范围最广的郊野公园。

[2] 能高安东军，指台湾能高北峰到白石山、安东军山这一段的棱脊，被公认为台湾最美的高山草原。

香港万宜水库

般，高山草原的风景和视野缓缓起伏。一条清楚的百年山径，起落于雄浑的山头，连绵出山势的浩荡。

香港人管登山健走叫行山，香港为此也提供了很多很好的基础建设。比如香港的郊野公园在世界上都有名，而且有全亚洲最早也最值得称赞的湿地公园[1]。但更重要的，是一些这个地方的先民留下的足印，例如说一些村子。香港人管行山过程中经过村子叫穿村。这些村子的位置远离公路主干道，有的甚至要走两三个小时才到，可以想见如今已是人去楼空，但有时还是会有几户人家在，你经过的时候会看到他们在路边摆一个摊，卖着山水豆腐花、汽水、零食等等。

刘克襄也写到了穿村，“有些村径更是悠悠地隐伏于蓊郁的林

[1] 指香港湿地公园，位于“新界”天水围北部，占地面积约61公顷。于2006年5月向公众开放。

间，好大段路程，一路有小溪伴随，又相互交缠，沓沓蜿蜒。七十年代初，在台湾的城镇乡野尚可遇到此等的风景，小径小溪沿着树林，左右弯曲好几回，流过水田流过荒野流向村落”。而这些村子的背后，一定都有在岭南或整个华南地区很重要的一样东西，就是风水林。所谓风水林，就是祖辈到这个地方安顿下来建起村子之后，在村子后面种植的一片树林，据说是用来汇聚风水的，所以不能贸然开发，更不能够破坏，于是久而久之保存了丰富多样的物种。

“随着村子住民一代传承一代，森林也永续地依伴。祖上积德才衍生此一良好风水的生活训示，于焉合理合情地开展。……一块拥有绝佳风水的森林，若是随便开发，砍伐林子，坏了风水，村子会遭到厄运。”这个说法其实也很现实，因为风水林有保护水土的作用，当发生山火时还能阻挡火势。在夏天酷热的季节里，从风水林穿过来的风就相当于一个天然的冷气机。“当然，风水林里更是村民生活利

香港村庄后面的风水林

用的重要资源，除了野生植物如土沉香、黄桐和木荷等，在林地外围，不难发现一些具有产业价值的树木，诸如龙眼、杨桃、黄皮、大蕉、蒲桃、番石榴、木瓜等果树，这些都是村民适量种植的。除了果树和薪材外，森林还提供各种丰富的中药材，几乎村里的老人都识得这些药草，做为平常饮用和养护身子的食材。”

这本书的构架几乎就像旅游指南一样，介绍了二三十处香港行山的好路线，教大家如何搭公交到达这个路线的起点，以及一路上会看到些什么。但是它和以往香港本地出版的旅游指南最大的不同就在于，作者是刘克襄，所以总是带着一种深厚的自然与人文关怀来看这个城市，甚至让我发现香港还有很多我不了解的地方。原来香港郊野有这么多古迹，有这么多有趣的村子以及村里的住民，还有种种被提到的花草、树木、水果和小动物，其中好多物种是连大部分香港人都不认识的。

所以我非常感激有刘克襄这样一位游客，他来到我们这个地方，这样来看我们的城市。同时他还非常尊重这个地方。比如他在山上和村民聊天，会关注他们对发展的需求，但另一方面他又觉得自然保护很重要。那么该怎么来看待这种矛盾呢？他懂得如何放下身段，在尊重本地人的前提下，同时又做出自己的反省和批判。刘克襄看到了被忽略的四分之三的香港，是我们所有香港人都应该感激的一个游客。

（主讲　梁文道）

《繁花时节：罗孚集》

你一定要读的香港老报人

罗孚（1921—2014），原名罗承勋，笔名柳苏。香港老报人，曾任香港《大公报》属下《新晚报》总编辑。另著有《南斗文星高》《香港人和事》《燕山诗话》《西窗小品》等。

大家都说要不是有罗孚先生的话，就不太可能有金庸和梁羽生的小说了。

《繁花时节》是香港非常有名的老报人、老作家罗孚先生的散文精选集，收在香港中华书局出版的“香港散文典藏”系列之内。编者黄子平是文学批评家和理论家，他说：“你一定要读罗孚。”这句话其实出自罗孚先生的一篇文章《你一定要读董桥》，后来这个句式流传甚广，冯唐还开玩笑地写过一篇《你一定要少读董桥》。

罗孚先生在香港长年向内地读者推荐香港文学，以及香港文坛的种种人和事，使得很多人开始意识到香港文学界确实有非常多重要的作品和有趣的人物。

比如西西[1]。罗孚写过一篇谈西西的文章[2]，其中有这么一段话：“西西虽然读书不怕声音吵，但写作就不行，她只有躲进厨房或浴室，用一张可以折叠的小圆椅做写字台，坐在小矮凳上，爬她的格子……她和母亲妹妹住在三百英尺（三十平方米）的一层小楼里，一厅，一房，一厨，一厕，都包括在其中。三母女挤在一间房里，睡的是两张双层床。西西为没有地方给妹妹放化妆品而抱歉。母亲和妹妹都不看她的文章，母亲爱看的是马经报，妹妹爱看的是亦舒的爱情小说。‘其实不只是家里人不理你写作的事，在整个香港也没有人理你写作的事’。”这段话也道出了香港文学乃至香港文化的某种处境。

再看看罗孚怎么谈香港文坛上的一个耆老刘以鬯[3]先生。刘以鬯的《酒徒》被称为中国第一部意识流小说，该书于1962年出版，在当时显得非常大胆和先锋。罗孚这样写道：“和叶灵凤、曹聚仁、徐訏一样，刘以鬯也是属于上海—香港作家之列。他们都是江浙人

[1] 西西，香港女作家，生于1938年，原名张彦。著有长篇小说《我城》，短篇小说集《像我这样的一个女子》，散文集《交河》，诗集《石馨》等。主编过《素叶文学》杂志。

[2]《像西西这样的香港女作家》，初刊于《读书》1988年第9期，署名柳苏。

[3] 刘以鬯，作家、新闻人，1918年生于上海，原名刘同绎，字昌年。1948年到香港之后，先后任《香港时报》《星岛周报》《西点》等报刊杂志编辑、主编。1986年创办《香港文学》月刊，任总编辑至2000年。著有小说《酒徒》《对倒》《打错了》，文学评论集《端木蕻良论》《看树看林》等。

（在香港就是广义的‘上海人’），都在香港生活工作了几十年，尽管刘以鬯比他们出生得晚些，登上文坛也晚些。但他今年也已有七十，可以称得上老作家了，虽然他看起来要年轻十岁或不止。多少年操纵着香港金融命脉的汇丰银行，它的中文全名是香港上海汇丰银行，它的英文名字却是香港上海银行。香港—上海，上海—香港，我有时想，像叶灵凤、曹聚仁、徐訏、刘以鬯……他们是不是也可以叫作‘汇丰作家’呢？他们的作品都是丰可等身的。”[1]你看这样的观察是不是很有趣呢？

罗孚在香港文坛最知名的一件事，是他当年在编辑《新晚报》的时候推出了所谓“新派武侠小说”，为其供稿的就是大名鼎鼎的金庸和梁羽生。所以大家都说要不是有罗孚先生的话，就不太可能有金庸和梁羽生的小说了。那时《大公报》和《新晚报》这两个编辑部在同一层楼里，“梁羽生当时是《大公报》的副刊编辑，是一位能文之士，平时好读武侠小说；金庸当时是《新晚报》的副刊编辑，也是能文之士和武侠小说的爱读者。两人平日谈《十二金钱镖》《蜀山剑侠传》[2]经常是眉飞色舞的”。

[1] 引自《刘以鬯和香港文学》，初刊于《读书》1988年第12期，署名柳苏。

[2] 《蜀山剑侠传》，还珠楼主李寿民所著武侠神怪小说，写于1930年前后。

有一天澳门发生了一个所谓太极拳对白鹤拳的比武事件[1]，一时间成为有名的社会话题，也带起香港的武学热。那时候香港有武侠小说，只不过学的还是过去《蜀山剑侠传》的老套写法，已经不受读者欢迎了，罗孚就想不如在《新晚报》上连载武侠小说吧！于是他们说干就干，第二天就在报纸上发预告，第三天梁羽生就拿出了他的处女作《龙虎斗京华》的连载。后来《大公报》见《新晚报》搞得非常热闹，就要梁羽生也给《大公报》写，“（但）他一时难写两篇，他是《大公》的人，自然只能写《大公》而舍《新晚》。《新晚》怎么办？好在还有一个金庸，也是快手、能文。他早就见猎心喜，跃跃欲试，这就正好。他的处女作《书剑恩仇录》就以更成熟的魅力吸引读者了”。

这段往事为什么一直被津津乐道呢？它和《大公报》的特殊身份有关。当年香港正处在一个很独特的环境里，报业里有所谓统战工作，而罗孚是其中一员。罗孚是一名共产党员，是所谓香港的地下工作者，他工作的《大公报》在香港叫作“左报”或者亲建制报[2]。

[1] 1954年1月17日，旅居香港的太极拳家吴公仪在澳门迎战白鹤拳家陈克夫。

[2] 亲建制派，简称建制派，是香港的政治派系，指拥护或支持香港特区政府现有建制及中国共产党政府的政党和人士。其中包括民建联、自由党、新民党、经民联、工联会、劳联等。《大公报》即属于亲建制派媒体。

然而那时《大公报》体系之下聚集的人物，像金庸、梁羽生，包括罗孚自己，都是非常有意思的人。廖承志[1]管罗孚叫“罗秀才”，那批报人真的是一帮秀才，不仅文笔好、文化水平高，而且相当开放、相当通达。若按照传统左派文艺观点来看，新派武侠小说是不入流甚至腐朽之作，但罗孚他们认为，要实现文化统战大业就必须争取市场认同、抓住读者的心，为此什么都可以做。所以他们才能把报纸办得那么有声有色，广受欢迎。除了金庸、梁羽生之外，还有三苏、梁宽等人的逗趣又奇特的言论，都出自当时的大公报系统。

罗孚自1941年加入《大公报》工作之后，先后辗转桂林、重庆办报，最后来到香港，可以说是这份老牌左派报纸的一个老领导。他在这块阵地上进行文化统战工作，顺势造就了香港文化对华语世界的影响。此外，他和很多内地的老作家都有来往，关系密切。比如聂绀弩的一些旧体诗，还有周作人的《知堂回想录》，起初在内地出版有困难，反而是因为罗孚而率先面世于香港。

频繁的交往使罗孚长了很多有趣的见识，然后他下笔为文，记录下来中国20世纪80年代一批老作家的风华。他还重新发掘了中国传统文学里一种非常常见的文体——诗话。今天写旧体诗已经有点不

[1] 廖承志（1908—1983），广东惠阳人，中国近代民主革命家廖仲恺之子。曾任中共中央统战部副部长、中央外联部副部长。

合时宜，但在20世纪80年代，仍有很多文化耆老写作旧体诗，并互相酬答。罗孚对此特别感兴趣，他不仅自己写，而且他收集到这些诗之后，会为它们写一些诗话。乃至于他那个时期的散文里面，常常带有一种诗话的味道，我觉得代表了他散文成就里的最高峰。具体来说，这些文章一方面有着新闻人的简约文笔，一方面有着独特的骨鲠气质，有时只是一两句话的交代，却好像言有尽而意无穷。这个意无穷，不是那种恬淡悠远的意，而是一种很强劲的意。

举个例子。这本《繁花时节》的开篇文章《从胡乔木到乔木》，主要谈的是含冤三十多年的电影《武训传》终于得到平反这件事。后面又说到胡乔木的另一件事："他在爱写旧体诗的胡绳处看到香港出的聂绀弩的旧体诗《三草》，知道人民文学出版社有意出新的补充修订本。就主动上门，拜访病榻上的这位老诗人，又主动表示要替这一《散宜生诗》写序。"可是对聂绀弩来说，这件事是有点尴尬的，他担心不知情的人还以为是他主动，要走上层路线。罗孚在此事上对胡乔木的评价简单有力："这件事很表现他的诗人的性格。如果能更多地表现就更好了。"

继而罗孚又想到乔木，也就是做过外交部部长的乔冠华，提起他不禁一番唏嘘。不过我总觉得，罗孚笔下的任何唏嘘都不是无力的，而是带着硬气。比如在另一篇《从俞平伯到胡风》里面，写到胡风去世时，罗孚说：“（胡风）去年六月初去世后，由于追悼会举行无期，不能再停尸等待，秋前就作了火化。当时有人叹息：‘胡风寂寞身后事！’却不料新年一到，路转峰回，追悼会终于颇为‘风光’地举行了。家人满意，一般识与不识的人听说也多满意。”你可以好好体会一下“也多满意”这几个字后面的余味。

（主讲　梁文道）

来自上都的行者

《拉班·扫马和马克西行记》

谁是第一个游历欧洲的中国人？

拉班·扫马的事迹在欧洲文献里有很多记载，可是向来重视历史的中国，元史里面甚至没有提到他的名字。

有时候，一些没什么人听说过的很冷门的书，却可能有着颠覆世界观、冲击既有常识这样的效果。《拉班·扫马和马克西行记》就是这样的一本书。

我也是前两年才开始注意到这本书的，之前并没听说过它。它的作者是无名氏，就是说不知道谁写了这本书。作者的国别是伊儿汗国[1]。伊儿汗国即蒙古帝国四大汗国之一，领土包括今天伊朗、伊拉克，以及部分的阿富汗、巴基斯坦等属于西亚和中亚的地区。

［1］伊儿汗国，又称伊尔汗国或伊利汗国，成吉思汗孙子旭烈兀西征后建立，范围东滨阿姆河，西临地中海，北界里海、黑海、高加索，南至波斯湾。居民民族成分复杂，主要讲波斯语和阿拉伯语，大多数信奉伊斯兰教，部分崇奉基督教。建都于帖必力思（今伊朗西北部城市大不里士）。与元朝关系一直很密切。

一个伊儿汗国人，写了这本非常薄的小书《拉班·扫马和马克西行记》。它真的有什么了不起吗？让我先从解题讲起。

拉班·扫马和马克这两个人是谁呢？说起来可厉害了。今天国际上研究蒙古史、元朝史的学者，常常会拿他们和马可·波罗比较。马可·波罗谁不熟悉？甚至有各种各样的奇闻趣事都是从他名下传出来的。比如中国人直到今天还在猜，说不定意大利面就是马可·波罗把我们的面条带过去才出现的；反过来意大利人会说，是马可·波罗把意大利面带到中国，才有了中国的拉面。总之马可·波罗的事迹人人皆知，他作为一个威尼斯商人从西方跋涉万里到了中国，在元大都也就是今天的北京，见到了元朝皇帝忽必烈汗，并且在中国游历了很多地方，比如杭州。而拉班·扫马和马克这两位老兄，则被认为是逆向的马可·波罗。他们走了一条和马可·波罗恰好相反的路线，从元大都出发一直走到欧洲，不仅去了意大利，还到了法国，以及当时还属于英国领地的加斯科涅（今法国西南部的一个地区），在那里见了英格兰国王。

于是很多历史学家就强调，拉班·扫马是历史上第一个能被确认到达欧洲的中国人。也许之前已经另有中国人到过欧洲，但是在13世纪之前并没有一个中国人的名字被记载下来可以证明这一点，直到拉班·扫马这个与马可·波罗同时代的人被载入史册。但问题是，为什么我们从来没听说过这位拉班·扫马，为什么我们不称赞他是“中国人的骄傲”“东方的马可·波罗”？在解答这个疑问之前，先来了解一下这本书的渊源。

这本书的译者是朱炳旭，该中文译本是从英译本转译过来的，原文其实是叙利亚文。原文作者的姓名已不可考，但应该就是拉班·扫马的同代人。很可能拉班·扫马本人写过一个西行日记，记录了他们的所到之处和一路见闻，用的是波斯文，然后伊儿汗国的那位作者将日记撮要翻译出来，删掉了很多内容，但也补充了一些资料，最后完成了这部叙利亚文的底本。后来这本书失传很久，直到1887年3月，叙利亚文的手抄本才被重新发现，又慢慢被翻译为各种语言。中译本以前就有过一个，是香港非常有名的历史学家罗香林[1]先生参照英译本和日译本翻译的，但那是节译本，内容不全。朱炳旭翻译的是一个比较全的中译本。

回到刚才的问题，既然早在忽必烈时代就有一个有名有姓的中国人从北京出发到达了欧洲，见过罗马教皇，也见过法兰西国王和英格兰国王，那为什么如此风光的一个大人物，我们中国人从来都不知道呢？这要从他的名字说起。

[1] 罗香林（1906—1978），著名历史学家，客家研究开拓者。

可能很多读者首先都会产生这个疑问：拉班·扫马怎么会是中国人呢？听名字就不像中国人嘛。可是，他的的确确是出生在北京的人，也在北京长大，他的家跟普通的北京人家没什么分别。但他为什么会有一个看起来很怪的名字呢？那是因为他并非一般意义上的汉人。根据这本书译者序里的说法，拉班·扫马是畏兀儿人。畏兀儿人和我们今天说的维吾尔人发音非常近似，但两者不是一回事。畏兀儿人其实是回鹘人[1]。书中的另一个人物马克是拉班·扫马的徒弟，有人认为他们两个都是回鹘人，但译者倾向于认为拉班·扫马是畏兀儿人，马克则很可能是蒙古人。但译者的说法还有待考证，因为也有其他学者指出，马克是汪古人[2]。这些中国历史上的外族名称，在今天听来会觉得很混乱。这些外族后来有的彻底被汉化进来，也有的迁移到别的地方。比如汪古人里的一部分后来随着乃蛮部[3]西迁，进入哈萨克斯坦，成为今天哈萨克斯坦最主要的一个部族。

讲到中国历史上的外族，就必须给大家介绍一个近来的学术背景。最近几年中国学术界开始重新讨论到底什么叫作中国，或者到底

[1] 788年，回纥可汗请唐改称回纥为回鹘，元明时称畏兀儿。回纥是中国北方古代民族铁勒诸部的一支，后回纥汗国统一铁勒诸部，回纥逐渐成为铁勒诸部的统称。

[2] 汪古部，金、元时期阴山以北的一个部族。

[3] 乃蛮部属古代突厥部落。后乃蛮部被推翻，大部分乃蛮人跟随其王子屈出律西迁至今哈萨克斯坦东部，并与当地的其他突厥语部落融合，后成为哈萨克民族的主要部落之一。

什么叫作中国人。这个问题往往会牵涉对中国历史的重新认知。举个例子，研究清朝历史的学者近年大谈新清史，这主要是由一些美国的汉学家率先提出的概念。这些美国汉学家认为中国过去对清史的研究在材料的掌握上面缺乏全面，太过关注汉文档案，忽略了满文档案，而满文档案里的很多信息是汉文档案无法覆盖的。而他们根据满文档案研究了清帝国在蒙古、西藏、新疆的统治之后，得出一个惊人结论，就是清帝国不是一个传统意义上的汉人王朝。我们当然也知道它不是，但过去我们一直以为，清朝是一个汉化程度非常高的王朝，美国汉学家则指出，其实清朝是一个多民族帝国。那么在这种结论下，今天中国从清朝那里继承下来的版图，还能够被看作传统上的汉人传承吗？这其中牵涉了太多的问题。

又比如最近一两年很多人开始注意到，日本一些有名的学者像杉山正明等人，他们提出元朝也是一次外族对中国的入侵。如果说中国历史上把金、辽、契丹、西夏等当成北方蛮夷，以宋为正统，那么到了元朝以及后来的清朝，这些王朝是游牧民族或所谓的外族建立起来的，它们在中国历史上又该怎么算呢？

这些学术界出现的挑战会带来很多问题。例如我们向来把岳飞定位为忠臣，因为他坚决抗金。但今天金早就成为中华民族的一部分，把岳飞和金人之间定义为民族矛盾，就似乎和我们所谓中华民族大家庭之间存在一种内在的悖论和冲突。所以说，种种这些发问都会冲击我们关于什么是中国、什么是中国人的认识。

回头再看拉班·扫马，我们首先要面对的问题，就是他所属的那个部族，能不能被视为中国人?

国际上有名的蒙元史专家、台湾“中央研究院”院士萧启庆教授有一本著作《九州四海风雅同》，其中提到，元朝把人分为四大民族，但其中的色目人并不是一个民族，而是元朝为统治需要设定的一个族群，这个族群包含的人种非常繁杂，其中就有汪古人。“汪古原为辽金时代居住阴山（大青山）以北之突厥语部族，为金朝扼守边墙因而得名。其人系以唐代回鹘为主体，以后又吸收沙陀及金初释放的回鹘俘虏融合而成。其文化成分‘是以北方草原文化形式为主体，融合汉族文化和西方国家其他民族文化’。汪古人多信奉景教，但因地处草原与农业地区边缘，与中原往来较密。其中原有汉文士人之存在……”就是说元朝的汪古人里出现不少士人。士人是什么意思?就是“已仕或未仕的读书人……凡接受士大夫文化的外族人士亦可视之为士人”。他们和我们传统汉人一样参加科举，也能用汉字写得一手好文章。而拉班·扫马，就是这样的一个汪古人，基本上是半汉化的汪古人。这也就是为什么他到了西方，会被认为是一个中国人。

在元朝，有相当一部分汪古人作为色目人中的一种，融进了中原，是协助蒙古帝国统治整个中国的一个很重要的族群。因为包括唐兀、畏兀儿、汪古等在内的色目人有一个特点，他们长期处在游牧民族与汉人之间，接受的文化来源非常多样，懂得多种不同的语言，宗教信仰也非常复杂，于是擅长管理社会，便进入官场帮助缺乏定居生活经验的蒙古人进行统治。这些色目人在元朝时已经遍布中国，比如其中一批人就去了广西，后来广西很多姓白的人即是他们的后代。像白崇禧、白先勇父子就是，我们没有人会认为他们不是中国人。同样的，对拉班·扫马也应该用这种角度来分析。

拉班·扫马作为一个色目人，出生在北京。那时北京的民族组成相当复杂，和今天非常汉化的北京很不一样。现在有些老一辈的北京人还记得北京街头的骆驼队，北京怎么会有骆驼呢？那是因为从山西过来的商队都使用骆驼作为运输工具。而中国原本是没有骆驼的，它们是从西域或者更远的地方被带进来的，可见中国北方很早就成为一个民族混杂、文化多元的地区，这种情况在元朝达到了鼎盛。

而在外国人眼中，无论元朝的蒙古人，还是金朝人、西夏人或者辽人，都是中国人。举例为证，香港有个航空公司叫国泰航空，英文是Cathay Pacific，其中的Cathay直译过来就是“契丹”，是外国对中国的另一种称呼[1]。比如俄语里面直到今天都仍然用“契丹”（Kitan）来代表中国。因为在外国人眼里，当时占据整个华北的契丹，当然就是中国。

在萧启庆教授的另一本学术文集《内北国而外中国》里，有一篇文章叫作《蒙元支配对中国历史文化的影响》，其中提到色目文化当中包括伊斯兰文化、基督教文化与南亚文化，但它对中原文化并未产生长远影响。例如在1267年，有一位来自伊利汗国（也就是伊儿汗国）的天文地理学家给元朝朝廷敬献了一个地球仪，并带来地球三分为陆七分为水的概念，“可见元代回回专家确将广博之世界地理知识输入中原。但这些地理知识在中原却未产生广泛影响，……关于蒙古帝国西部，《地理志·西北地附录》所列不过一串地名而已，可见元人对西北所知不多。民间记载亦少新义。显然，中国人的华夏中心世界观，未因蒙元世界帝国的统治而有所改变”。又说：“当时回教世界科技水平领先欧洲，中原所受外来科技影响主要来自回教世界……但是，这些影响颇为零碎而肤浅。当时，中国天文学家虽采用回回天文仪器，却未吸收近东天文学的数学与几何学基础。”

[1] 在中世纪，从中亚直到西欧，“契丹”一直是对中国的一个通称。“契丹”作为中国通名的主要原因，是经过辽、金两代的民族融合，“契丹”已经成为北中国主要各族（契丹、汉人、女真、渤海等）的通称。在俄语、蒙古语、希腊语和中古英语中都把整个中国称为契丹。

通过萧教授讲的这些现象我们就可以了解到，中国文化以汉人为主的观念是根深蒂固的，很难接受外来文化的影响。拉班·扫马的事迹在欧洲文献里有很多记载，可是向来重视历史的中国，元史里面甚至没有提到他的名字。这是因为我们并没有把拉班·扫马当作自己人，外界却都认为他是一个中国人。

（主讲　梁文道）

Voyager From Xanadu

还原中国的马可·波罗

罗茂锐（Morris Rossabi），著名汉学家，中亚历史尤其是蒙元史专家，美国哥伦比亚大学教授，纽约城市大学历史学特聘教授。

这两个从中国来的人，一个北京人一个山西人，到了波斯，在今天的伊拉克首都巴格达朝拜景教的总坛，也觐见了景教的主教马·登哈。

我们在《拉班·扫马和马克西行记》那本书里讲过拉班·扫马的故事，也解释了为什么今天大多数中国人都不知道拉班·扫马是谁，这个问题实际上和某种以汉族为中心的文化习性有关。举例来说，中国的少数民族都知道今年汉族是什么农历年，但是反过来问汉人，今年是藏历什么年，回历什么年，大概知道的人寥寥无几。

不过在那本书里我们并没有展开讲拉班·扫马和马克西行的具体情况，因为隔着久远的历史，书中给出的信息放到今天已模糊难辨。但我们可以通过*Voyager From Xanadu*这本书来了解整个西行的过程。

*Voyager From Xanadu*书名的中文意思是“从仙那度来的旅行

家”。仙那度是什么地方呢？这个名称其实是从马可·波罗笔下流传开的，马可·波罗把仙那度描写得太美丽、太璀璨了，仿佛天堂一般，所以它也相当于乌托邦或伊甸园的意思，至今英语里面都常常用到这个词。其实，仙那度是中文“上都”的音译，而上都就是元朝的都城[1]，位于今天北京以北、内蒙古境内的一个地方。现在那里还有元上都遗址，马可·波罗就是在元上都见到了忽必烈。元朝之所以在元大都之外同时设立元上都为首都，是因为蒙古人即使汉化程度很高，也始终保留着某些蒙古文化色彩。他们不耐暑热，又喜射猎，所以到了夏天就搬来上都避暑，在这里，他们可以按照蒙古人的习惯住毡帐和狩猎。而书中提到的那位来自仙那度的旅行家，就是第一个到达欧洲的中国人拉班·扫马。

*Voyager From Xanadu*的作者罗茂锐，是国际上研究蒙古史的权威。这本书的写作意图是还原拉班·扫马西行的背景，因为《拉班·扫马和马克西行记》对这方面的交代是非常不完整的。如同历史上大多数旅行家的游记一样，《拉班·扫马和马克西行记》的记述非常简略，今天我们若不借助注解和背景知识的说明，连读懂都困难重重，更不要说得出什么见识。而且不像马可·波罗游记那样

[1] 元上都是元朝的夏都，它与元大都共同构成了元朝的两大首都。元上都位于内蒙古自治区锡林郭勒盟正蓝旗草原，始建于公元1256年。它是大元王朝的发祥地，也是蒙元文化的发祥地，忽必烈在此登基建立了元朝。

有许多神奇的传说和关于风土人情的记载，拉班·扫马关注的只是宗教方面，他的游记看起来几乎就像一本朝圣记录。但也可能如罗茂锐猜测的，拉班·扫马本人的日记里有着更为丰富的内容，却被那位把日记翻译成叙利亚文的译者也即《拉班·扫马和马克西行记》的作者，删去了大量与宗教无关的题材。因为这个译者也是一个教士的身份。*Voyager From Xanadu*这本书则对拉班·扫马和马克的西行记做了大量资料补充，说明了他们西行的整个背景和目的所在。

首先拉班·扫马信的是什么教呢？是所谓景教[1]。景教曾经在中国尤其是唐朝非常盛行，但主要不是在汉人而是色目人中间盛行。景教继承的是聂斯脱利派，后者在以弗所公会议之后被东罗马定为异端，受到迫害和排挤，但也因祸得福，得到了在整个世界扩充的机会。后来景教传播到中国，到处留下遗迹，从长安到泉州都有，在西亚和中亚也有非常庞大的势力。这支最早来到中国的基督宗教，在中国也发展起非常多的教士阶层，拉班·扫马从

[1] 景教始创人为聂斯脱利（Nestorius，约380—约451），他认为圣母玛利亚只生育耶稣的肉体，而非授予耶稣神性，因此反对将她作为神灵膜拜。431年以弗所公会议（Ecumenical Council of Ephesus）召开后，认为聂氏教派过分强调耶稣基督的人性而否认他的神性，将其定为异端。该教在唐朝时期传入中国，译作景教，被视为中国官方最早承认的基督教派。

小就具有虔诚的信仰，后来干脆成为其中的一个神职人员，又吸引了一个年轻人马克跟着他一起修行。马克是山西人，同样也是一个外族人，他应该是汪古人或蒙古人或畏兀儿人，具体是哪个不能确定。

拉班·扫马和马克决心去耶路撒冷朝圣，他们的朝圣之旅，根据罗茂锐参考的其他国家的资料，是得到忽必烈的批准出去的。忽必烈本来就对外来宗教很感兴趣，他曾经嘱咐马可·波罗，让他从罗马带回一百位神父到中国传教。蒙古人本身信仰萨满教[1]，崇拜长生天[2]，那么他们为什么会对外来宗教感兴趣？因为他们知道，要统治中国这么一个庞大的疆域，里面有这么多不同宗教信仰的民族，就得采取宗教宽容政策，同时还需要找到一种有组织的好的宗教，慢慢推崇为国家宗教，以利于整个国家的长治久安。

---

［1］萨满教是分布于北亚的一类巫觋宗教，包括满族萨满教、蒙古族萨满教、中亚萨满教、西伯利亚萨满教。它没有教条或特定的信仰体系，而是凡具萨满经验和萨满行为的通称。

［2］“长生天”是蒙古族的最高天神，因蒙古人以苍天为永恒神，故谓“长生天”。

忽必烈在元上都举行宫廷盛会，召见各国使节

拉班·扫马他们一路西行，一心一意去朝圣。这两个从中国来的人，一个北京人一个山西人，到了波斯，在今天的伊拉克首都巴格达朝拜景教的总坛[1]，也觐见了景教的主教马·登哈（Mar Denha）。我们知道很多回民姓马[2]，景教里面也有很多人的名字是以“马”开头的，这个字眼有着宗教尊称的含义。他们也见到了东方教会，这个东方教会的指涉范围大致等同于景教，现在常常叫作东方亚述教会，因为其官方语言是亚兰语。亚兰语又叫作阿拉米语，这

[1] 5世纪末，聂派教徒迁往波斯，曾以亚述教会名义传教，大本营一度迁往今伊拉克首都巴格达，盛极一时。

[2] 日本景教研究权威佐伯好郎指出，“马”姓的真正含义来自叙利亚文Mar，其古汉语的对音可以是“马”“末”“马儿”等。

种语言是耶稣那个时代所讲的方言[1]。直到今天，景教（东方亚述教会）也没有消失，它仍然存在，只是教徒人数非常少。其中有很多集中在伊朗和伊拉克，我们不要以为那里的人都是伊斯兰教徒。

在拉班·扫马的时代，景教徒在西亚和中亚地区人数不多，但相当有势力，统治那里的蒙古人有很多是景教徒。但蒙古人的领袖可汗越来越回教化。所以在拉班·扫马的游记当中，可以看到蒙古人在打败当地回教徒、征服了那片地区之后，慢慢被同化为回教徒的过程。而在同化的过程中，原本开放的宗教政策逐渐被收紧，景教徒遭到压迫，甚至被屠杀。这种情况和中国历史也有类似，蒙古人入主中原建立元朝之后，经过两三代就迅速汉化了。还有北边的金帐汗国[2]在征服俄罗斯地区之后，很快就完全以东正教为正统。这些也恰恰说明，蒙古人一旦统治了外族，若想以很少的人数维持统治的话，他们就要尽快融入当地社会。

蒙古人虽然创造了广袤的蒙古帝国，但很快就四分五裂。几个汗国之间相当独立，虽然表面上维持着形式上的礼仪和血缘上的联

[1] 阿拉米语被认为是耶稣基督时代的犹太人的日常用语，一些学者更认为耶稣基督即以这种语言传道。它属于闪米特语系，与希伯来语和阿拉伯语相近。

[2] 金帐汗国，又译钦察汗国（1242—1502），蒙古四大汗国之一，以突厥民族为主。

盟关系，实则彼此征战不断，帝国内部并不和平。比如拉班·扫马去的那个伊儿汗国，它就和旁边的察合台汗国[1]对着干。因为伊儿汗国是支持忽必烈继位的，而察合台汗国支持忽必烈的兄弟阿里不哥[2]来继承蒙古帝国大汗的位子。此外，伊儿汗国和北方的金帐汗国之间有领土纠纷，和埃及的马穆鲁克王朝[3]不和却又有点打不过。它虎视眈眈想把耶路撒冷圣地以及今天的以色列和黎巴嫩这些地方全部占领下来，可是又三面受敌，无力出兵，于是就想求助外援。向谁求助呢？它想到西欧，并且找到一个说服西欧与它合作的理由，就是它们都有恢复耶路撒冷圣地的意愿。但西欧信奉的是基督教，而伊儿汗国先信奉藏传佛教后改信回教，这怎么办呢？于是伊儿汗国才任命景教徒拉班·扫马作为大使出访欧洲，以表示对基督教的尊敬和钦佩，派他去罗马见教皇，还去了欧洲几个国家，见了法国国王（腓力四世）以及英格兰国王爱德华一世。目的是让他劝说欧洲人再来一次十字军东征，与伊儿汗国联手拿下耶路撒冷，然后耶路撒冷归欧洲，伊儿汗国接管其他地方，且保证对基督教徒友好。就这样，才有了拉班·扫马和马克的欧洲行。

---

[1] 察合台汗国，蒙古四大汗国之一，以蒙古族为主。

[2] 阿里不哥，忽必烈之弟。双方自1260年展开激烈内战，历时四年之久。阿里不哥投降后，忽必烈将其幽禁。

[3] 马穆鲁克王朝（1250—1517）是埃及、叙利亚地区外族奴隶建立的伊斯兰教政权。“马穆鲁克”在阿拉伯语里意为“被占有的人”“奴隶”，故又称奴隶王朝。

*Voyager From Xanadu*这本书有非常多关于拉班·扫马西行的有趣细节，仔细阅读会发现，这里面有着我们以前不知道的一段历史、我们不知道的一段宗教融合的过程、我们不知道的一个蒙元，以及我们不知道的一个中国。

（主讲　梁文道）

《1493》

哥伦布对中国的影响持续至今

查尔斯·曼恩（Charles C. Mann），美国多家媒体的特派记者和撰稿人，曾以另一部著作《1491》获美国国家学院传播奖年度最佳书籍。现定居美国马萨诸塞州安默斯特。

其实现在中国饮食里的很多作物都来自遥远的另一个半球，只是我们不知道。

谁都知道哥伦布发现美洲大陆这件事，也有好多作者从不同的角度、用不同的方式来呈现哥伦布发现新大陆的意义。《1493》这本书主要谈的是哥伦布对世界发挥的作用，特别是对当今世界，其中也包括对当今中国发挥的作用。作者查尔斯·曼恩认为自哥伦布发现新大陆之后，世界就已经开始了全球化，即开始了包含自由贸易、自由投资和自由的人员往来在内的今天用以定义什么是全球化的种种现象，虽然当时的规模和现在不能相比。例如美洲的一些产品或矿产，当时就已经风行世界各地了。

《1493》这本书很厚，里面很多事情可能中国读者并不知道。哥伦布和中国有什么关系呢？其实按照他当初的计划，他本想发现印度，然后到中国来和中国进行贸易，没想到去了美洲大陆。不过他对美洲的发现也直接影响到了中国。比如中国历史上使用的银子就和哥伦布有关。

银子来自南美洲的玻利维亚，它是怎么被运到中国的呢？明朝后期政府实行海禁，只有几艘战舰，也没有什么海军，那么靠谁来通过对外贸易把外面的白银运到中国呢？靠的是海盗或者说渔民。海盗自明朝实行海禁之后开始纷起，比如所谓倭寇就是海盗的一种。倭寇并非都是日本人，其中有相当一批是来自福建或广东沿海的渔民，因为政府禁止他们到海上去搞贸易，他们就成了海盗。他们暂居日本，不断地在日本和中国的海岸线之间进行各种各样的贸易，后来又将贸易扩展到东南亚，尤其跟菲律宾之间贸易往来频繁。而菲律宾曾经是西班牙殖民地，还有当时中南美洲地区除了巴西之外基本也都是西班牙殖民地，西班牙人就把玻利维亚等地出产的银子带到了菲律宾。中国的海盗在菲律宾用丝绸、瓷器交换了大量的白银，运回国内海岸，再通过非法活动将这些白银卖到内地，银子就这样进入了中国。

明朝的时候，中国的经济状况出现了问题，通货膨胀严重，纸钞铜币均贬值，而银子这种贵金属代替钞币是非常有效的。明朝皇帝觉得银子是个好东西，于是睁一眼闭一眼未严管海禁，这种海上贸易就变得越来越多了。所以银子能成为中国的货币之一，靠的就是中国的海盗和渔民与菲律宾之间的贸易往来，再往上追溯则是1493年哥伦布发现新大陆。

除了银子之外，番薯、辣椒、玉米等农作物也是从美洲大陆传入中国的。番薯的输入尤其是一件值得追踪的历史故事。中国原本没有番薯，也是中国的海盗和渔民在和菲律宾做生意的时候偷偷把番薯秧苗运进中国的。当时菲律宾的西班牙政府出于“专利保护”的考虑，不允许来自世界其他地方的植物被轻易带到中国，所以拒绝中国的渔民运这类物品，但番薯还是被偷偷地运进来了。当番薯逐渐流传到整个中国之后，就导致了中国社会一个非常大的变化。因为这种农作物在任何自然条件下都可以轻易生长，因此有效地遏制了饥荒的发生，反过来当饥荒没有了，温饱问题解决之后，人口便开始膨胀，生产力增加，对粮食的需求也在增多。不过即便是在粮食短缺的时候，因为有番薯，这整个循环里人口的出生率和存活率仍可维持在很高的水平。所以中国的不断兴旺发达与番薯有着直接的关系，虽然番薯并不是唯一的原因。

今天我们在吃番薯的时候，或者在吃辣椒和玉米的时候，可能想象不到这些东西来自美洲地区，也想象不到它们是借中国海盗和渔民的手流传进来的。其实现在中国饮食里的很多作物都来自遥远的另一个半球，只是我们不知道。所以这本书在我看来好像是为中国人写的，里面那些和我们的现实生活仍发生着直接关系的历史是值得去好好了解的。现在有很多中国学生说讨厌学习历史，但这种活生生的历史难道不是非常有趣吗?

（主讲　杜平）

ROME: Day One

古罗马有建国日吗?

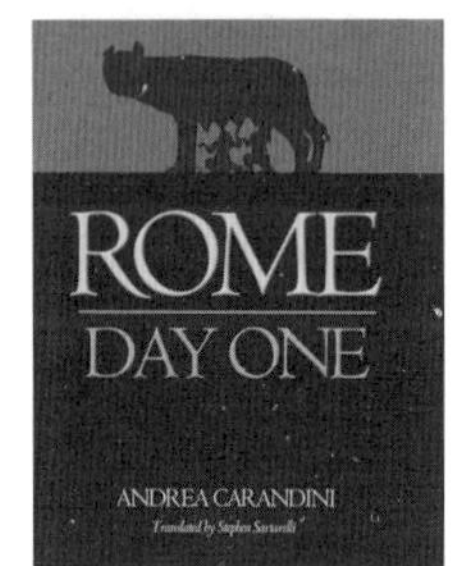

安德雷亚·卡兰第尼(Andrea Carandini, 1937—),意大利考古学家。

罗马确实是在准确的一天里成立的，这一天很可能是4月21日。

近年有一套卷帙浩繁的历史著作非常受欢迎，很多人都在看，这套书就是《罗马人的故事》，作者是日本作家盐野七生。盐野七生算不上专业的历史学家，但她写出了一本又一本《罗马人的故事》，奇特的是，这套书在各地的图书市场上都很畅销，一时间很多人开始对罗马的历史感到好奇。

盐野七生的书已经有太多人看、太多人说了，但有另一些关于罗马历史的好书因为没有被翻译成中文，所以大家不容易读到。比如这本*ROME: Day One*就是，不要说翻译成中文了，作者意大利考古学家安德雷亚·卡兰第尼的著作之前也从来没有过英译本，这本是在2011年才被翻译成英文的。尽管如此，他在整个罗马考古学界里却是非常有名的，知名度甚至超出了考古学的圈子，连大众传媒都报道过他。

为什么媒体要报道他呢？理由可以从这本书的书名讲起。*ROME：Day One*这个书名译成中文是《罗马：第一天》，透过书名，就能看出他做了一件多么有意思但又多么有争议的事情。

有一句谚语：罗马不是一天建成的，意思是说像罗马这么辉煌的城市，不可能一天建成。罗马过去叫作“永恒之城”，哪怕今天古罗马城只留下一些废墟，但你站在它的面前，仍会感到震撼，无法想象在上古世界时这座城市的壮丽达到了何等规模。还有另外一句谚语：条条大路通罗马，从中同样可见古罗马人在建筑工程上出类拔萃的天分和能力。

这样一座漂亮的永恒之城，当然不可能是一天建成的。但是安德雷亚·卡兰第尼却要告诉我们，罗马确实是一天建成的。当然，这么讲是玩了一个文字游戏，并不是说万神殿[1]、角斗场[2]等一大片建筑是一天建成的，而是说古罗马这个城市有它正式宣布成立的那一天。可是这个说法听上去也很奇怪，因为像古罗马这么一个古老的国家，历史学家都不会说它是哪一天建成的，而一般认为它大约形成于公元前800—前500年之间。这就类似我们的周朝，很

[1] 万神殿始建于公元前27—25年，用以供奉奥林匹亚山上的诸神，是至今唯一完整保存下来的一座罗马帝国时期的建筑。公元80年遭火灾焚毁，今日所见万神殿主体建筑是于公元120年重建起来的。

[2] 罗马角斗场建于公元70—82年。

难说周朝是哪一天建立的，人们倾向于认为那是一个慢慢形成的过程。像这种上古国家都是如此，没有学者会给出一个准确的成立日期和地点，好像真有一个领袖站出来宣布罗马今天成立了似的。不是这样的。

但安德雷亚·卡兰第尼却做了一个相当大胆的宣称，他居然认为罗马是在公元前750年4月21日这一天建立的。当然他很快补充说，这个日期可以争议，成立年份也可能是在公元前753年、公元前758年、公元前775年或公元前675年，但重点是罗马确实是在准确的一天里成立的，这一天很可能是4月21日。他是怎么晓得的呢?

二三十年前，安德雷亚·卡兰第尼曾率领一支考古队在今天罗马的帕拉蒂尼山挖掘到一段古城墙，他也是因为这件事出的名。帕拉蒂尼山是公认的古罗马起源地之一，而挖出的这段古城墙上面刻有名字，叫作罗穆路斯城墙。罗穆路斯（Romulus）就是传说中古罗马的建国者，他和他的兄弟勒莫斯（Remus）两人是被一头母狼用狼奶养大的。这两兄弟长大之后各有势力，最初他们联合在一起，后来却互相残杀。最终罗穆路斯赢了，成了古罗马的创建人。

相传古罗马的建立者罗穆路斯与其兄弟是被狼喂大的

安德雷亚·卡兰第尼认为他挖到的这段城墙是罗穆路斯当年修建的第一座城墙。在这段城墙的下面，他还发现一个少女的遗骸，并认为这个少女充当了一场神圣仪式的活人献祭。在上古时代的敬神仪式上，通常会以活人作为牺牲品。此外他又找到五六处同时期的考古遗迹，于是把它们关联起来，得出结论说曾有那么一天，作为历史真实人物的罗穆路斯举行了一连串仪式，把罗马的几个部落联合起来建立了一个城邦共同体。而这一天，就是罗马成立的第一天。

*ROME：Day One*这本书里并没有多少学术引注，中间还插入了大量的假想和作者自己的推断，并不能算严格的学术著作。所以很多

学者认为安德雷亚·卡兰第尼的发现很不靠谱。尽管也有学者认为他的发现给出了事实依据，但那些事实能否串联起来形成这个罗马建成日的学说呢？这就是一个问题。

这本书存在很大争议，但也非常有趣，一看无妨。只是不能全信。看完之后你还可以告诉别人，罗马其实是一天建成的。

（主讲　梁文道）

Caesar

最好的恺撒传记

梅耶（Christian Meier），生于1929年，德国慕尼黑大学古代历史学教授，欧洲研究古罗马后期历史的权威学者。另著有《古希腊政治的起源》等。

尽管罗马共和国的晚期其实是法律最完善也最讲法治的时期，它还是没能免于灭亡。

公元前49年1月1日，有一支军队来到古罗马城附近，他们面前有一条小河，几乎走路就能涉过。可是过了这条小河之后，历史将发生巨变，于是这支军队停下来，考虑要不要继续前进。这时军队的统帅一咬牙，他下定决心，挥军过河直入罗马。

这就是史上著名的恺撒渡过卢比孔河事件[1]。而渡过卢比孔河（cross the Rubicon），已经变成英语里面的一句常用谚语，用来表示做出一个无可挽回的重大决定。

---

[1] 根据古罗马当时的法律，任何将领都不得带领军队越过作为意大利本土与山内高卢分界线的卢比孔河，否则就会被视为叛变。这条法律确保了罗马共和国不会遭到来自内部的攻击。当恺撒带领着自己的军团渡过卢比孔河的时候，他无疑挑起了与罗马当权者的内战，同时也将自己置于叛国者的危险境地。

恺撒之所以渡河攻入罗马，发动这场军事政变，是因为他觉得罗马的元老院待他不公，让他尊严受损。从他渡河这一天起，罗马共和国的历史便结束了，从此罗马进入了一个帝国时代。虽然严格来讲，这时罗马帝国还没有正式成立，但历史公认至少已是诞生前期。

恺撒也因这次行动，成为罗马历史上有名的独裁者。后来皇帝被简称为“Caesar”（恺撒），恺撒不再只是一个人的名字，而成为一种身份的代名词。中国人习惯于把恺撒叫作“恺撒大帝”，这个称呼其实是错的，因为恺撒终生没有做过皇帝，那时还没有皇帝头衔。恺撒最高做到dictator，就是独裁者，这个词在今天带有非常负面的色彩，但是在当时，它不完全是负面含义。

*Caesar*这本书很厚，尽管已经出版了三十多年，但至今仍被认为是最全面也是最好看的恺撒传记。它的作者梅耶，是德国古典学界一位赫赫有名的大师级人物。不过要知道，在三十多年前梅耶写下这本书的时候，历史学界已将写伟人传记看作过时之事。学者开始认为一个人物无论再怎么伟大，也不会像我们过去以为的那样真能改变世界的历史进程，于是更加关注底层社会、经济结构这些更为深层的问题。在这种背景下，梅耶教授写作的这本书，恰恰是要从一个下层的经济结构推出一个上层的政治状态，由此再来归结恺撒的历史地位。

*Caesar*首要解决的一个问题就是，为什么说恺撒是罗马历史上非常重要的一个人物？以往人们在谈起伟大历史人物的时候，总是充满溢美之词，欧洲从文艺复兴开始，就不断有人吹捧恺撒，几乎将他描述为一个全能的人：在战场上是无敌的统帅；对待百姓非常慷慨又宽宏大量；与朋友相处很讲义气；面对敌人非常无情，但有时也会赦免他们。同时恺撒又文采斐然，写出了西方经典历史著作《高卢战记》；还是了不起的政治家；也是让无数贵族妇女心碎的伟大情人，似乎各种男人该有的优良素质都集于恺撒一身。后来干脆有女作家说，光是读恺撒的书，就觉得爱上这个人了。

可是，读完这本梅耶教授的恺撒传记之后你会发现，恺撒并没有那么伟大。比如梅耶考证出来，恺撒所谓的善待百姓，绝大多数都是装出来的。他所谓要改善百姓生活，为此不惜跟元老院翻脸，也是假的。他其实是一个不断追求个人权力的自私的人。但为什么这样的一个人仍然重要呢？梅耶教授通过研究恺撒及其时代，在书里归结出一个很重要的观念，叫作“没有出路的危机”。我认为这是一个今天哪怕我们不关心罗马历史也应该去了解的重要观念。

“没有出路的危机”是何意？它指出西方历史上第一个宪政共和国之所以到了恺撒这里忽然中断，是因为它本就摇摇欲坠了。为什么会摇摇欲坠呢？作者总结了几点，简单来讲是这样的：

第一，罗马原来只是一个小城邦，后来它不断地成长，可是它的政治架构始终是一个针对城邦规模的设计。比如罗马的元老院，有资格进入元老院的人一直是少数贵族，这就很容易形成少数精英长期垄断政治与经济的局面。到后来，这个不断在扩张的国家，其规模就变得和原来的政治结构很不匹配。

第二，当城邦变成世界帝国的时候，就越来越需要百姓为其做事，比如需要很多士兵去打仗。可是国家能给予百姓的回报非常少，显得很不公平。

第三，当有越来越多的人想往社会高处爬时，这个国家也日益腐败，贿选日益严重。

结果，尽管罗马共和国的晚期其实是法律最完善也最讲法治的时期，它还是没能免于灭亡。

（主讲　梁文道）

《哈德良回忆录》

罗马帝国五贤帝之一的虚拟回忆录

玛格丽特·尤瑟纳尔（Marguerite Yourcenar，1903—1987），法国作家，出生于比利时布鲁塞尔，成长于法国，后来的大部分岁月都在异国度过，晚年定居于美国东北岸荒山岛。1980年被选为法兰西学术院成立以来的第一位女院士。另著有《苦炼》等。

我们最大的错误就是试图从每个人身上获得一些不属于他的特殊美德，却疏于耕耘他所拥有的品行。

罗马帝国的历史很长，里面出现过很多有名的暴君，如卡里古拉[1]，还有尼禄[2]。但是也出过一些非常有名的贤人皇帝，其中最有名的，就是史称“五贤帝”[3]的五位前后接续当政的皇帝。

---

［1］卡里古拉（Caligula）是罗马帝国朱里亚·克劳狄王朝第三任皇帝，原名盖乌斯·恺撒（Gaius Caesar）。

［2］尼禄（Nero Claudius Caesar）是罗马帝国朱里亚·克劳狄王朝的最后一任皇帝，世人称之为“嗜血的尼禄”。

［3］五贤帝，又称五贤君，指公元96年至180年间统治罗马帝国的五位皇帝。分别是：涅尔瓦（Nerva，96—98）、图拉真（Trajan，98—117）、哈德良（Hadrian，117—138）、安东尼·庇护（Antoninus Pius，138—161）、马可·奥勒留（Marcus Aurelius，161—180）。

哈德良皇帝

“五贤帝”里面排中间的，也被认为带来了罗马鼎盛时期的那位皇帝，是哈德良。今大去罗马的游客还在游览他留下的遗址，比如现在的万神殿就是哈德良大帝在任时重建的，罗马这座城市至今仍在靠他留下的财产赚钱。英国还有一个哈德良长城[1]，虽然比不上我们的万里长城雄伟，但在西方世界已经很了不起。这道哈德良长城把整个不列颠岛正好切成两半，虽不是严格处在苏格兰与英格兰的分界线上，但距离非常接近，所以历史上一直有人认为哈德良长城其实就是英格兰与苏格兰的分界。

[1] 哈德良长城（Hadrian's Wall），英国不列颠岛上的一条古长城遗迹，建立于122—127年。是罗马帝国在占领不列颠时修建的，也是罗马帝国扩张的最北界。

哈德良长城

由于后人还能看到哈德良皇帝留下的种种遗迹，那么关于他到底是一个什么样的皇帝，一直以来都在引起人们的许多遐想。在这个背景下，有一位非常了不起的女作家就为他写了一本虚构的回忆录，叫作《哈德良回忆录》。这位作家玛格丽特·尤瑟纳尔出生于比利时，一直用法语写作，而且她还是第一位入选法兰西学术院的女作家，这个法兰西学术院[1]是一所掌管着法兰西语言纯正性的著名机构。很多人评价尤瑟纳尔的文风与一般女作家不同，比如这本《哈德

[1] 法兰西学术院（Académie française）是法兰西学院（Institut de France，又译法兰西学会）下属的五个学术院之一，是五个学术院中历史最悠久、名气最大的学术权威机构，主要任务是规范法语。

良回忆录》，它写得那么美，却是一种非常阳刚、非常思辨的少有女性气质的美。

《哈德良回忆录》是作者模拟哈德良的口吻，想象这位皇帝死前在病榻上如何回忆自己的一生，并把它写下来留给他指定的一个隔代继承人马可·奥勒留，为了向当时才十几岁的马可·奥勒留传授治国经验以及他对人生的反省。马可·奥勒留也就是我们中国读者很熟悉的一本书《沉思录》的作者。结果《哈德良回忆录》出版之后迅速红遍全球，到目前为止，光是中文译本就我所知已经有四种。其中第四种最新版本是台湾的陈太乙翻译的，是我见过的最好的版本之一，因为把尤瑟纳尔模仿的皇帝的语气给翻译出来了。

这本书里有相当多内容是阅历丰富的哈德良皇帝对人的观察。比如作者模仿哈德良的口吻说道："就我所能察觉到的，他人与我之间的差异实在太微不足道，最终无法算数。所以，我强迫自己的态度尽可能远离哲学家的冷酷优越和恺撒的傲慢自大。最黯淡之人亦透有微光：这个杀人犯笛子吹得有模有样，那个挥鞭将奴隶打得皮开肉绽的工头或许是个孝子；这个傻子愚笨，却跟我分享他最后一块面包。让我们学不到任何东西的人，少之又少。我们最大的错误就是试图从每个人身上获得一些不属于他的特殊美德，却疏于耕耘他所拥有的品行。"你看这段自白是不是很有趣？这个皇帝懂得以多角度看人，做事非常圆融。

历史上哈德良皇帝最广为人知的一件事是他爱上了一个美少年，在这本书里也作为重点讲到了。哈德良爱慕这个作为同性情人的美少年到了在全帝国遍地为他竖立雕像的程度，后来这个少年不幸溺水身亡，哈德良一直很心痛。

但美少年并不是我读这本书所关注的重心，我关注的是书里如何描述一个皇帝对权力和帝国的看法。在这方面，书里提到哈德良的前任皇帝图拉真大帝，就是把罗马帝国版图扩张到最大范围的那位皇帝。哈德良回忆他晚年攻打波斯，打到最后疲惫至极，“一抵达喀拉塞[1]后就走到海滩，面对波斯湾的暗潮汹涌，席地而坐。那时，他对胜利仍有把握，但是生平第一次，他深受世界之大所胁迫，并生出时不我与，处处受限之感。斗大的泪珠沿着老人布满皱纹的脸颊滚落，而人们原以为他无血无泪。首领统帅已将罗马鹰旗带至未曾探索之岸，却彻悟自己永远无法航行那片魂牵梦萦的海洋：印度，巴克特里亚[2]，让他在千里之外醉心不已的幽黯东方，对他而言，仍然徒具空名，止于梦想。不利的消息频传，迫使他在翌日即刻离开”。然

[1] 喀拉塞，波斯湾港口，古安息帝国附属国查拉塞尼王国的国都，今在科威特境内。

[2] 巴克特里亚，是一个中亚古地名，古希腊人在此地建立巴克特里亚王国。

后，尤瑟纳尔笔下的哈德良皇帝想：“于是，每当命运向我说不时，我便忆起某个晚上，遥远的海岸边，那个流泪的老人：或许，那是他第一次正视自己的人生。”从这段文字里我们可以深刻地感受到，一个世界的征服者，他终于知道世界是不可征服的。

哈德良皇帝则这样提到他自己的伟大愿景，他认为，“罗马不再局限于罗马城中，它必须灭亡，或从此与半个世界旗鼓相当”。为什么呢？因为，“若蛮族终于永远地占领罗马帝国，他们将被迫采用我们某些原则方法，最后终将成我族类”。这就是一个皇帝对世界帝国的野心，罗马作为一个帝国终会消亡，但在另一个意义上，罗马帝国将是永恒的、不朽的。世人将效仿罗马，遵循罗马定下的原则，他们会永远记得罗马。直到今天，很多学者仍然会拿美国跟罗马帝国相比，比如美国的一些政治设计，就是在仿照罗马。从这个意义上讲，的确可以说罗马从未灭亡过。

（主讲　梁文道）

《1453：君士坦丁堡的陷落》

罗马帝国最后的缩影

斯蒂文·朗西曼（Steven Runciman，1903—2000），出生于贵族世家，精通多国语言，英国著名拜占庭史、中世纪史专家。另著有《十字军史》等。

为什么一个逝去已久的国家，后来有无数人要宣称是它的继承人，或者宣称要重建罗马呢？

也许我们不能准确说出罗马是在哪一天建成的，但是我们可以明确知道这个国家是什么时候灭亡的，那就是1453年5月29日。

假如真像意大利考古学家安德雷亚·卡兰第尼所推断，公元前750年罗马政体诞生，那么这个国家在人类历史上就存在了漫长的2100多年，虽然其间也经历了很多演化。它最初是一个小城邦，后来变成共和国，再后来变成一个庞大的世界帝国，而后又分裂为两半[1]，最后再逐渐缩回成一个小城市。这个缩回去的小城市却不再是原来的那个罗马，它在今天叫作伊斯坦布尔，而在当时，它的名字

[1] 395年1月17日，罗马皇帝狄奥多西（Theodusius Ⅰ，346—395）逝世，临终前将帝国分与两个儿子继承。罗马帝国分裂为东、西罗马帝国。

叫君士坦丁堡。这座城市，曾经被认为是真正的罗马，或者说是罗马的一个真正传承。

《1453：君士坦丁堡的陷落》是一本经典的历史著作，是研究东罗马帝国也即拜占庭帝国和中世纪史不能不看的一本书。作者斯蒂文·朗西曼可是一个了不得的传奇人物，他可能是最后一代传说中的英式贵族学者了。什么是英式贵族学者呢？来看一下他的生平就知道了。

斯蒂文·朗西曼的确出身贵族家庭，他的爸爸是一个子爵，同时是英国自由党的重要政治家、国会议员。他是家中次子，非常聪明，5岁时就学会了拉丁文和古希腊文，后来就读于名校伊顿公学[1]，与大文豪乔治·奥威尔是同学和挚友，然后又上了剑桥三一学院。他精通多门外语，包括俄语、保加利亚语、阿拉伯语、波斯语、土耳其语、亚美尼亚语、叙利亚语、希伯来语、格鲁吉亚语。

据说他在剑桥读书时，曾经想拜拜占庭史专家J. B. 伯里[2]为师，但J. B. 伯里已经半隐退，无意再收学生，就故意为难他，给他

[1] 伊顿公学（Eton College）坐落在距伦敦20英里的温莎小镇，创办于1440年，是英国最著名的贵族中学之一。

[2] J. B. 伯里（John Bagnell Bury，1861—1927），英国著名历史学家、古典学家和文献学家，1902年获任剑桥大学钦定近代史讲座教授。

厚厚一沓保加利亚语文献让他编辑翻译。不料他真的完成了，令J. B. 伯里刮目相看，后来朗西曼也成为J. B. 伯里最得意的门生。20世纪30年代，朗西曼的祖父去世，朗西曼因此得到大笔遗产——这时就见出贵族学者的好处了，他们不缺钱，做学问是凭兴趣，不是为谋生；著书立说是出于爱好，不是为了版税。于是朗西曼辞去职位，开始了游学生涯，后来他到土耳其的伊斯坦布尔大学教过几年书，其间对十字军史产生兴趣，并成为该领域的权威。

为什么说这个朗西曼传奇呢？因为他不仅是一位才华横溢的学者，还为我们的末代皇帝溥仪弹奏过钢琴，为埃及国王福亚德讲解过塔罗牌，以及在伊斯坦布尔的佩拉酒店遭到过德军的流弹袭击而受伤，在拉斯维加斯的投币老虎机上中过两次彩。就是这么一个传奇般的人物，他写的《1453：君士坦丁堡的陷落》同样是一本传奇般的书。究竟怎么个传奇，让我们从全书的开头看起：

1400年圣诞节，英王亨利四世在他位于伊森（Eltham）的行宫[1]举行了一次宴会，不仅为了庆祝佳节，更重要的是为了欢迎他的一位特殊贵客——希腊人的皇帝（有时候也被称作罗马人的皇帝）曼努埃

［1］又译作埃尔特姆宫，是一处位于伦敦东南部格林尼治区的皇室庭院，建于13世纪，为英国君主的主要住所。1995年由英国遗产委员会接手，在对其重建后，于1999年对公众开放。

尔二世［Manuel Ⅱ Palaiologos（Palaeologus）］[1]。后者已经游历了意大利，并曾于巴黎短暂驻留。其间法王查理六世一度将卢浮宫装点一新，以款待这远道的贵宾，连索邦神学院（Sorbonne）的教授们也因能与如此博学多识的帝王会晤交流而感到欢欣不已。

但是在这位贵客离开英格兰之后，

亨利国王的大法官阿斯克的亚当（Adam of Usk）回忆道：我细细忖量，如此高贵的基督教贵族却被东方的萨拉森人逼迫得走投无路，以致要远赴西方乞援，这是多么可悲。哦，古罗马的荣耀如今何在？

所谓萨拉森人，是中世纪的西欧人对回教徒的一种统称。而这时候罗马是一个什么概念呢？罗马帝国分裂为东、西两部分之后，建立了东罗马帝国的君士坦丁大帝将选址为首都的那个小城以他的名字命名为君士坦丁堡，并打算把这里打造成新罗马。于是，人们就仿照原来的古罗马城，勉强找了七个凸起的地形代表“七丘”[2]，又找了一条小溪代表台伯河[3]，在这里建起了一座宏大而华丽的都城，

---

［1］曼努埃尔二世（1350—1425），1391—1425年间的拜占庭帝国皇帝。

［2］七丘是位于古罗马心脏地带台伯河东侧的七座山。根据罗马神话，此处是罗马建城之初的重要宗教与政治中心。

［3］台伯河是意大利中部的一条河流，流经罗马。

连行政区划都在模仿以前的罗马。而东罗马帝国也确实一度成为非常伟大的帝国。与旧罗马帝国不同的是，东罗马帝国是一个信仰基督的国家[1]，而且后来逐渐希腊化，官方语言也从拉丁文变成了希腊文，所以后来它的皇帝才会被叫作希腊人的皇帝。到了帝国的晚期，虽然其官方称号仍是“罗马帝国”，但君士坦丁堡已经完全是一座希腊人的城市了。可见这个时候罗马的内涵已经变得多么复杂。

自从过去的老罗马帝国消失之后，历史上曾经有无数人声称要重建罗马的光荣，有无数国家号称自己继承了罗马帝国。而真正能够叫作罗马帝国的传人、继承了罗马帝国法统的其实就是东罗马帝国，直至它1453年行将灭亡前夕都是这样。可是到了这个时候，整个东罗马帝国的领域只剩下一个小城市，就是君士坦丁堡。这座曾经在欧洲历史上最漂亮、最辉煌的都城荒败到只剩下十几万人口，可用兵力只有7000人，其中还包括从威尼斯和热那亚外来的雇佣军。城市有些地方由于太久无人居住，早就破落了，很多城区重新回到村落的状态，而且彼此隔离。过去的皇宫也长出荒草，只有杜鹃在上面啼叫。

在这个伟大帝国走向衰亡的最后几年里，1449年，出来主持残局的最后一任东罗马帝国皇帝，名字也叫君士坦丁。这位末代皇帝，

[1] 东罗马帝国的开国皇帝君士坦丁大帝，也是历史上第一位尊崇基督教的罗马皇帝。

“为人正直清廉，从未做过有辱斯文之事。在处理与其桀骜不驯的兄弟的关系时，他也表现得慷慨仁慈。在帝国臣民眼中，他也是一位亲民宽厚的君主，深受爱戴。因此，当他作为皇帝进入君士坦丁堡时，得到了首都市民发自肺腑的拥护。……君士坦丁用人并无门户之见，他的身边也的确聚集了一批能臣干吏”。

可惜的是，这时帝国已处在夕阳西下的时候，他的对手正守在城外，虎视眈眈准备进攻这座伟大的城市，那就是奥斯曼土耳其帝国的新任苏丹，年仅19岁的穆罕默德二世[1]。穆罕默德二世的生母胡玛哈顿出身低贱，是一名土耳其奴隶，所以穆罕默德从小就经历了各种刻骨的考验。他的性格有时亲切仁慈，有时却猜忌多疑，令人难以捉摸。但是他精明强干，野心勃勃，“在科学、哲学领域颇有造诣，并且广泛涉猎了土耳其、希腊文学作品。除了母语以外，他还熟练掌握了希腊语、阿拉伯语、拉丁语、波斯语甚至希伯来语”，也是一代英主。

于是，一边是处于上升阶段且正达到鼎盛期的帝国的年轻皇帝，一边是伟大帝国走向末日之时勉强出来支撑局面的皇帝，当他们相遇交战，结果可想而知。这场1453年君士坦丁堡围城战在历史上非常有名，有大量的历史记载，而斯蒂文·朗西曼则在详细引注历史资料的同时，用漂亮的文笔像讲故事一样把整个战争过程精彩地呈现

[1] 穆罕默德二世，是奥斯曼土耳其帝国第七代君主。

出来，其慷慨悲歌般的壮烈让你觉得好像在看电影《魔戒》。你想象一下，只有几千士兵的一座城市，如何对抗十几万人的庞大部队呢？

虽则君士坦丁堡的巨大城墙是很好的防御工事，而且海上有铁链封锁，可阻止敌军从海路侵袭，然而苏丹穆罕默德二世居然能把奥斯曼的战舰从海里拉到岸上，再利用圆木当滑轮将战舰一直经陆路翻过一座小山拖进君士坦丁堡的内湾金角湾，于是这座城市就再也守不住了。在战斗最后，来自热那亚的将领朱斯提尼亚尼因为负伤而精神崩溃，坚持要求撤退。他从一道小门退往内城，结果使很多士兵以为失守，他们惊慌失措地争相从这道小门蜂拥出逃，导致君士坦丁堡终于被攻克。

而在这最后关头，君士坦丁大帝仍亲自带兵奋战。他手下的一个部将也即他的堂兄弟狄奥菲鲁斯，则高喊着"与其苟且偷生，毋宁以死殉国"，随即消失在混战的人潮中。"君士坦丁此刻深知，他的帝国已然覆灭，而他也不愿苟活于世。他扔掉自己的皇家纹章，与仍在左右的弗朗西斯科、达尔马塔一道，追随狄奥菲鲁斯而去。这是皇帝最后一次露面。"

随后土耳其大军屠戮无数，血流成河，他们甚至无法从遍地尸首当中辨认出哪一具是君士坦丁皇帝。破城的当晚，苏丹入城，"他策马缓缓向圣索菲亚大教堂走去。在教堂大门外，苏丹下马躬身，拾起一捧泥土，从自己头巾上撒下，以示对真主谦逊之意”。他保留了这座教堂，把教堂改建为清真寺。

从攻占君士坦丁堡这一刻开始，苏丹穆罕默德二世就认为自己继承了罗马，成了罗马人的皇帝。与此同时，君士坦丁堡沦陷的消息传遍欧洲，众皆愕然，罗马就这么没有了吗？不。那时俄罗斯正在兴起，因为同样信仰东正教[1]，他们认为自己才是真正的罗马[2]。

到底谁才是罗马真正的继承人？为了这个问题，历史继续上演了几百年大大小小的征战。为什么一个逝去已久的国家，后来有无数人要宣称是它的继承人，或者宣称要重建罗马呢？这一切的答案，却都在1453年5月29日那一天，随着它最后一个皇帝消失在敌军的人潮之中，永远地被埋没了。

（主讲　梁文道）

---

［1］10世纪中叶，东正教从东罗马帝国传入基辅罗斯（俄罗斯前身），并被奉为国教。

［2］1473年，莫斯科大公伊凡三世迎娶拜占庭帝国末代皇帝的侄女索菲娅公主，名正言顺地成为拜占庭帝国（东罗马帝国）的继承人，拜占庭帝国的双头鹰国徽也成为俄罗斯的国徽。在这个时期出现了“俄罗斯就是第三个罗马帝国”的说法。

道德战争

Handwerker, Kaufleute, Bankiers

警惕不可持续的发展模式

一个没有技术革命的经济模式，恕我直言，是不可能长期发展下去的，它是不可持续的。这也是今天中国遇到的最大问题。

Handwerker，*Kaufleute*，*Bankiers*是一套1997年德文版“欧洲经济史”当中的一本，讲的是1500年到1800年的欧洲经济史。书名的意思是“手工业者、商人和银行家”，这个题目其实折射了从16世纪到19世纪欧洲整个工业化或者说现代化进程当中的几个重要阶段和里程碑：最早是手工业者出现，然后有了商人，最后是银行家和金融业产生。今天如果我们要讨论中国转型期等问题，就有必要重读一下这本书。

任何一个国家的经济在早期一定是以手工业者开始。在16世纪到19世纪的欧洲，有很多手工业者流浪各地，他们一路走一路打工，也一路传授经验，靠的是师徒间口耳相传的模式。这种手工业作坊式的经济发展到一定阶段必然会发生一个变化，就是要过渡到大机器生产上去，两者之间一个非常重要的区别，是量上的区别。假如说手工业作坊本来每天只能做两件，到了大机器生产每天就能做到20件、50件、100件。量多了之后自然就要出售，于是出现了商人，开始兴起贸易。

贸易继而带来大量的资本和盈利，这些盈利用来做什么呢？一部分被生产者或商人拿来自己享用，一部分则用于投资再生产，这很符合马克思主义资本论里面对资本主义早期发展阶段的描述。在这之后，如果需要继续扩大生产，就必须动用金融手段，这时就出现了银行家，他们靠金融手段换取了更多财富。其实金融业出现之后还有一个很重要的阶段，就是大规模的外贸产生，大量地进行出口。

从手工业者到银行家是一个发展过程，但并不是说一个阶段完成之后就自动进入到下一个阶段，这里面其实一直伴随着另一个非常重要的发展过程，就是技术革命。是技术创新推动了16世纪到19世纪欧洲经济的发展。早先英国人发明纺织机的时候，欧洲经历了一次大规模的工业化生产革命，然后经过所谓蒸汽机的时代，又经历了一次大规模的生产革命。到最后，铁路的发明使人类之间的距离大大缩短。所以说，从手工业到机器生产，到内贸，到金融，再到外贸，中间的每一个过程都伴随着技术革命，这才是1500年到1800年欧洲经济的面貌。

反过来看今天中国，无疑我们取得了巨大的突破和成就，否则我们不会在这么短的时间内，一个不小心超过德国成为世界第三大经济体，又一个不小心超过日本成为世界第二大经济体，下一个不小心无非就是超过美国，成为世界第一大经济体。2013年中国成为全世界最大的贸易国，此外中国还是全世界最大的对外投资国之一，所有这一切都缘于我们的财富积累非常之快。还有我们的外汇储备之多，已经成为我们的一个负担了。但是回头看看过去的35年里我们是怎么成功的？表面看，所有的经济阶段我们都不缺，从大工业生产到贸易，然后到金融，再到外贸，这些都经历了。但是跟欧洲当年相比，我们缺少了一个很重要的伴随过程，就是技术革命。过去35年我们是在低成本的劳动力、低成本的土地、低成本的生产要素的基础上，做世界工厂发家，然后向外投资，向外出口。但是我们缺少技术革命。一个没有技术革命的经济模式，恕我直言，是不可能长期发展下去的，它是不可持续的。这也是今天中国遇到的最大问题。

经济学上有一个U形曲线，有些人也叫它微笑曲线[1]，因为形状像一张微笑的嘴。我们以为自己在生产，在创造财富，但其实我们是处在这个U形曲线的底端位置。它的上游和下游才是价值链上的制高点，上游是占有知识产权的设计，下游是对国际贸易市场的定价权。像我们这样处在中间的，那是在卖苦力。所以一个一百美元的产品里，中国大概最多只能赚到五六美元。

在中国过往没有技术革命伴随的经济发展中，虽然钱来得多，内部却是空的。如果说过去35年我们可以通过卖苦力获得成功，而未来35年，这种发展模式一定不可能持续。所以现在中国领导人不是提出“新常态”吗？因为旧有的经济模式不可能再继续下去了。我们的经济目前正处在增长速度的换挡期、结构调整的阵痛期以及前期刺激政策的消化期，所有这些都是未来我们要思考的问题。

（主讲　邱震海）

[1] 微笑曲线理论的形成，源于国际分工模式由产品分工向要素分工转变。也就是参与国际分工合作的世界各国企业，由生产最终产品转变为依据各自的要素禀赋，只完成最终产品形成过程中某个环节的工作。以制造加工环节为分界点，全球产业链可以分为产品研发、制造加工、流通三个环节。发展中国家的企业由于缺少核心技术，主要从事制造加工环节的生产，付出的只是物化要素成本和简单活劳动成本，在不同国家间具有可替代性，因此常常被压低价格。在全球产业链中，附加值更多体现在微笑曲线两端。

Umstrittene Revolutionen

欧洲对照下的中国经济

从横断面上看，我们的经济体处在世界第三的位置，但是从发展进程上看，其实我们只相当于欧洲19世纪80年代的水平。

*Umstrittene Revolutionen*是1997年德文版“欧洲经济史”里的另外一本，书名的意思是“一场有争议的革命”，讲的是19世纪欧洲的工业化。所谓现代化，它的代名词就是工业化，即从一个农业国变成一个工业国，从原来的农业生产形态转变为工业生产形态。1954年，美国经济学家阿瑟·刘易斯[1]提出，在农业部门的人口向工业部门转化的过程中，一开始是劳动力无限供给阶段，到后来当农业部门人口减少，但工业部门的工作位置还没有被填满时，就会出现刘易斯拐点[2]。

[1] 阿瑟·刘易斯（W. Arthur Lewis，1915—1991），美国经济学家，1979年诺贝尔经济学奖获得者，研究发展中国家经济问题的领导者和先驱。著有《经济增长理论》《国际经济秩序的演变》等。

[2] 刘易斯拐点，即劳动力由过剩向短缺的转折点。是指在工业化过程中，随着农村富余劳动力向非农产业的逐步转移，农村富余劳动力逐渐减少，最终达到瓶颈状态。

欧洲的工业化是从19世纪开始的。顺便说一句，欧洲最先开始工业化的国家，不是我们以为的荷兰或英国，而是比利时。只不过比利时的国土面积太小，它最后没有像荷兰和英国那样形成横跨世界的大国。

按照人类经济史的一个铁定规律，工业化进行到二三十年以后，一定接着一个城市化的过程。因为当工业化技术发展到一定程度之后，农业部门不再需要那么多劳动力，富余出来的劳动力自然要流到城市里去。他们流到城市之后，就去承接城市里最没人愿意干的活儿，比如垃圾清洁工，比如餐厅、酒店里的服务员等等。

假如城市化进程处理得不好，就会出现各种社会问题。比如19世纪乃至20世纪早期的欧洲，就存在着贫民窟现象。今天的中国虽然没有贫民窟，但有大量的城乡结合部，那里的治安、卫生条件非常之差。据说中国的城市化率已经由30年前的17%提升到现在的52%，超过一半的国土面积都是城镇。但这有什么意义呢？现在中国有3亿多农民进入城市，其中1.28亿生活在城镇里的人并没有城市户口，剩下的农民工就生活在城乡结合部里，徘徊在城市的边缘，做着那些城市人没人要做的工作。

城市化进程一旦开始，则是一个短则一二十年、长则五六十年的波澜壮阔的过程，所有的社会矛盾、贫富不均、利益冲突都会在这个时间段产生。英国从18世纪60年代开始工业革命，到了1838年，英国作家狄更斯写了一部伟大的小说《雾都孤儿》，写尽了当年伦敦那些流氓无产者的众生相，也写尽了伦敦那个工业大城市的尔虞我诈。

我有一个大胆的预言，我们国家从1990年开始直到2040年，将是一个波澜壮阔的城市化的五十年。到2014年，这个城市化进程恰恰过了一半，未来还有二十六年的时间要走。几年前我做过另一个大胆的预言，当时还引起了轩然大波，我说从横断面上看，我们的经济体处在世界第三的位置，但是从发展进程上看，其实我们只相当于欧洲19世纪80年代的水平。

中国有句话叫“他山之石，可以攻玉”，研究欧洲经济史不是为了钻古书堆，而是为了观照今天和未来中国的发展。虽说中国的发展道路一定有其自身逻辑，但如果能避开别人的沉痛经验和走过的弯路，同时吸取他们的智慧融会贯通，对我们是很有益的。

（主讲　邱震海）

《中国经济双重转型之路》

“政府智囊”厉以宁解读中国的经济转型

厉以宁，江苏人，生于1930年。著名经济学家，现为北京大学社会科学部主任。另著有《体制·目标·人：经济学面临的挑战》《中国经济改革的思路》《非均衡的中国经济》《经济学的伦理问题》《转型发展理论》《资本主义的起源：比较经济史研究》《罗马–拜占庭经济史》等。

我们的各种改革措施在出台，但似乎总给人一种“只听楼梯响，不见人下来”的感觉。

当今中国是一个处在转型中的国家。所谓现代化也好，转型也好，第一步是从农业国变成工业国，这也就是中国非常著名的经济学家厉以宁先生在他的这本《中国经济双重转型之路》当中所讲的第一重转型。我们不要以为这个转型是从1979年改革开放之初才开始的，其实它发端于清末，然后跨越到民国时期、中华人民共和国早年，这么一直持续下来的。

它最早可以追溯到李鸿章的洋务运动。此前中国是一个落后的农业国，是鸦片战争用坚船利炮打开了中国的国门。此后中国和日本几乎同时走上富国强兵之路，在日本叫作明治维新，在中国即是自1864年开始的洋务运动。不同的是，日本的明治维新经过二十多年的努力成功了，从一个落后的农业国变成一个先进的工业国，中国的洋务运动则全面失败。乃至在1894年爆发的第一场中日战争中，中国被日本全面打败。

民国时期又兴起过一系列振兴民族工业、实现工业化道路的努力。而到了中华人民共和国成立之后，1949—1979年这三十年间虽说实行的是计划经济，但毛泽东、周恩来那一代领导人也为中国的现代化、工业化做出了很多的努力和贡献。当然，第一重转型最成功的实践，要数自1979年邓小平开始改革开放，经过1992年我们全面实行市场经济，再到2001年加入世界贸易组织全面融入全球化的这一整个进程。

但关键是，就像厉以宁所说的，中国还有第二重转型。第二重转型是什么呢？就是体制的转型。中国要从计划经济走向市场经济，这也是一个转型。这个转型是从1979年开始的，或者更准确地说是从1992年或1993年才开始的。这个转型我们才走了二十多年时间，仍步履维艰。今天中国是市场经济吗？很多人说是，因为跟我们20世纪五六十年代比已不可同日而语。1956年中国东北的一个工厂要买一台打字机，还要千里迢迢派人到北京去审批，像这种可笑的事今天是不会有了。但今天的中国是一个完全成熟意义上的市场经济吗？显然也不是。看看中国的各级政府是如何介入经济的，经济背后又是如何有政治的运作的。否则李克强总理也就不会说要理清政府与市场的关系。我们也就不会面对一个棘手的问题：政府要么越位，插手不该做的事；要么缺位，不去提供该提供的公共产品。

这双重转型，一个从落后的农业国转向先进的工业国，一个从计划经济转向市场经济，现在几乎是同时进行的，两者合二为一。而我们面临的问题，有一些是出在还没有成为先进的工业国上，另一些则出在还不是完全意义上的成熟市场经济，要想把两个转型中的问题抽丝剥笋，是非常困难的。但是把问题适度分开，分别来进行处理，这种逻辑上的方法论在某种程度上还是必要的。

更关键是什么呢？今日中国，我认为后一种转型相当程度上在阻碍前一种转型。从计划经济到市场经济，我们在这条路上走了二十多年，却走得非常艰难。我们的各种改革措施在出台，但似乎总给人一种“只听楼梯响，不见人下来”的感觉。这不能怪谁，这种转型确实非常艰难，而越艰难就越容易阻碍前一种转型。

今天和未来中国要做哪些改革呢？当然要做政府和市场职能的改革，要做土地的改革，要做财税的改革，要做金融的改革。但是我认为最关键的是政府和市场关系的改革。然而这一步改革什么时候开启？未来的成效如何？我们现在还不得而知。我们将抱着浓厚的兴趣观察。这个改革完成之后还要有社会的改革，就是怎么样去培养社会力量的存在。最后还有法治的建设，所有这一切都是中国未来要做的努力。

厉以宁是现在一些政治局常委和政治局委员的研究生导师，他的思想应该说对现在和未来中共高层的决策，还有他们对中国经济乃至整个社会的发展逻辑上的思路会有一定影响。希望这本书也予以我们更多的思考。

（主讲　邱震海）

SUPERPOWER?: The Amazing Race Between China's Hare and India's Tortoise

谁是下一个超级大国?

乔杜里·巴尔（Raghav Bahl），印度最大规模电视新闻及商业网络Network 18的创始人，该集团成立于1993年。

他虽然是一个印度人，但他的态度是客观公正的，他希望印度好，同时也不希望中国坏。

中国和印度之间的力量对比，被称为龙象之争。很多人为此写过报告，但是从这些报告当中我们很难得出一幅真实的图景。中国人普遍觉得印度非常落后，有一句玩笑是："去了印度之后，觉得社会主义国家真好！"而印度人也对自己特别自豪，记得好多年前在一次会议上有位印度专家对我说："哎呀，你们上海发展真快！如果我们再不奋起，十年之后上海就会超过孟买了。"像这一类的草率之言非常多，那么到底该如何从一个公正客观的角度对比中国和印度呢？

给大家介绍这本书，书名翻译成中文叫作《谁是下一个超级大国：中国兔和印度龟之间的急速竞赛》。这里面中国是兔子，印度是龟，龟兔赛跑谁会赢？作者乔杜里·巴尔是印度的一位关键人物，他是印度最大媒体集团Network 18的创始人，该公司与CNBC[1]、CNN合作播出节目；他的生意当中还包括《福布斯》[2]在印度出版的相关刊物。

我最欣赏的是，乔杜里·巴尔在这本书中对中印两国的历史有一个全面的纵向和横向对比，他的立场不偏不倚。他虽然是一个印度人，但他的态度是客观公正的，他希望印度好，同时也不希望中国坏。相比之下有很多人，他们觉得印度是民主国家，于是就一味说印度好，把中国的弱点给放大。

这本书对中印之间做了非常多的对比。比如对比了双方的经济增长速度。2008年雷曼事件[3]之后，有一段时间印度的经济增长速度超过了中国，于是有人就问，中国经济是不是快要衰落了？但作者说，此时龟兔赛跑才真正开始。

---

[1] CNBC为美国NBC环球集团所持有的全球性财经有线电视卫星新闻台。

[2] 《福布斯》（*Forbes*）是美国的一本商业杂志，每两周发行一次。

[3] 2008年，美国第四大投资银行雷曼兄弟由于投资失利，在谈判收购失败后宣布申请破产保护，引发全球金融海啸。

作者谈到印度的很多长处，包括印度人有很好的企业家精神，印度的国内市场发展蓬勃，以及印度人有会说英语的语言优势。他特别赞赏印度企业家的成就，说他们在全世界有很多大型企业，在美国也有一些中小型的公司，并且在创业方面亦有不俗的业绩。但我个人的看法是，作者可能受到无法直接阅读中文材料的限制，所以忽视了中国国内也有非常多成功的创业家这个事实。中国的企业家群体其实一点都不输给印度。作者认为印度的一个短板在于基础设施建设非常缓慢，中国在这方面则有日新月异的变化。

我更感兴趣的是作者在做出诸多对比分析之后，得出的属于自己的感悟，这在本书的后记里面写得很清楚。他原先倾向于接受西方的观点，即中国虽然很强、发展很快，但是经济的增长不能解决一切问题，所以看好印度。但作者写完这本书之后，他看得更深了，得出了一个更为深刻的对比，值得我们仔细体味。

首先他认为中国存在一种私人的自由，这个私人自由的含义，是指人们可以拥有自己的财产，可以用自己的方式赚钱，可以不受其他非市场的限制来进行消费，每个人可以自主决定自己的家庭怎么生活。所以他得出的结论是中国在目前阶段还会保持强劲的发展势头。

另外他也特别指出，中国本身就有崇尚权威的精神传统，同时有很深的民族主义情结。

作者的这种看法，已经跳出了西方传统里将繁荣和民主挂钩的思维惯性，但同时他也警告，如果中国太过于有抱负、太过于专注自己的理想，可能会演变为一种侵略行为；太过于执着做好一件事情，可能会激起对手的不满，导致他们有一个反扑；而过于决断地做某件事，则可能会因为不计后果导致付出严重代价。所以他说中国最关键的，就是不要走苏联的沙文主义道路。

反观印度，作者认为很多西方人高估了印度的优势，就比如印度的民主。在作者看来，印度现在最需要的其实是一个强势政府，能够出面把人们最急需的农业、健康、教育事业以及基础设施建设做好，选举倒不是关键。他在书的最后非常看好当时还是古吉拉特邦首席部长的莫迪[1]，希望莫迪能够拯救印度，就像罗斯福曾经拯救美国一样。其实莫迪在任古吉拉特邦首席部长时采取的很多举

[1] 纳伦德拉·莫迪（Narendra Modi，1950— ），印度政治家。2001年就任古吉拉特邦首席部长，并连续三届担任此职。2014年任印度总理。

措，包括招商引资、建立经济特区等，都和中国的做法差不多。现在，莫迪已经是印度总理了，他能不能如作者的预期，让我们拭目以待。

（主讲　朱文晖）

China's Second Continent

中国经济在非洲

霍华德·弗兰彻（Howard W. French），美国《纽约时报》资深记者，哥伦比亚大学新闻研究院副教授。

中非之间的经济互动在未来几年会继续加速，进而引动一个趋势——欧美将逐渐退出非洲。

不久前我在中国中部一个省会城市的饭店里看到一块很大的标牌，上面写着“走出去到非洲投资”，让我不禁对这个话题产生了好奇。于是我找到了这本书，*China's Second Continent*。

书名的意思是“中国的第二个大陆”，它的作者霍华德·弗兰彻是《纽约时报》驻上海记者站的站长。弗兰彻会讲中文，又在中非和西非生活过，所以他用中文采访过很多在非洲生活和工作的中国人，然后写成了这本书。透过本书，我们可以了解到在一个西方记者的视野当中，中国人在非洲有着怎样的经济行为。

书的结构是按照国家来编排的，从东部的莫桑比克到西部的塞内加尔，作者一共走过七个非洲国家。他采访了不同阶层、不同领域的中国人，并且尝试和他们交朋友。他在非洲也吃了不少苦头，比如路况不好、住宿条件很差等等。经过大量访谈之后，作者认为过去十多年来中国在非洲的经济行为进展非常快，据他估计，非洲已经至少有100万中国人，而且会越来越多。

综合来看，中国进入非洲的有两种主要的经济行为。第一种是中国政府在非洲投入的各种援助项目，包括铁路、公路、电力等在内的大型设施建设。后来，这些承包商方面有一些技术人员或工人发现非洲是一块没有被开发的大陆，就留了下来。他们以及被他们吸引来的人就形成第二种进入非洲的开发者，是民间自发产生的。这第二种人的特点是特别能吃苦，他们往往不是来自中国的大城市，而是一些中西部地区，或者像粤东、汕头这类有打拼传统的地区。他们觉得中国大陆人口众多，已经没有什么竞争机会，所以就到非洲来，在这里开展各种生意。比如有从事矿产开发的，有经营冶炼的，有开餐馆的，还有在街边卖从中国进口的廉价小商品的。非洲的天气特别热，他们和当地的文化环境也很难融到一起，所以生活很苦。他们为了生存和发展，特别强调吃苦精神。

我觉得这本书揭示出了一个新的现实，就是中非之间的经济互动在未来几年会继续加速，进而引动一个趋势——欧美将逐渐退出非洲。该判断的主要理由还是那两个字——吃苦。因为非洲的环境确实非常艰苦，而欧美对非洲现在出产的资源，需求并不如中国迫切，比如矿产资源。另外非洲有全世界最大的可用于农耕的荒地，若干年之后可以提供丰富的粮食和其他农产品，但欧美不需要这些东西，他们再不能吃苦自然就会逐渐退出非洲大陆。反观中国，那些具有足够的经济实力、企业家精神和吃苦精神的移民群体正源源不断来到非洲，在这里开展各种经营。

但霍华德·弗兰彻也提出，在非洲的中国人如何与当地有更深入的互动，使其经济行为能很好地照顾到当地的文化、社会、自然和环境保护，这个问题也越来越受到全世界的关注。从这里我们可以看出作者作为一个西方学者对中国在非洲的经济行为提出的批评。并且他还尝试与非洲当地的劳工组织，尤其是受过西方教育、在非洲一些都市相对生活得比较好的NGO负责人进行沟通，来发现中国在非洲投资行为和经营行为当中的疏漏。

但是纵观整本书，你会发现中国人在非洲的出现极大地改变了非洲基础设施的面貌，而且改变的速度可能进一步加快。同时我们看到非洲政府和非洲大部分人民是欢迎中国进来的，因为他们终于可以买到以前根本支付不起的一些商品。比如以前经常听说非洲人是不穿鞋的，但他们现在可以穿鞋了。非洲是一块非常有发展前景的大陆，这里将提供二十年之后世界主要的劳动力。所以在未来二十年间，中国——特别是在西方不断提出批评之声的背景之下——该怎样有效地经营好非洲经济，就是本书带给我们的思考。

（主讲　朱文晖）

《道德战争：现代中国在价值观上的挑战》

道德文明上的竞争力

张东才，香港科技大学教授。其研究领域包括物质起源、社会发展规律及哲学研究。

人类社会其实经过了这样几个阶段，从以力服人，到以法服人，到以财诱人，最后以德服人。

当今世界正处于一超弱化、多强并起的变化中，中国将在未来世界格局中扮演怎样的角色，东西方的政治学家们就此讨论得非常热烈。香港科技大学的张东才教授有一本书，叫作《道德战争：现代中国在价值观上的挑战》，谈及的不是经济竞赛与军事角力，而是软实力竞争，或言之，是道德与文化价值观的力量之争。

这本书的主要特点是，它既有对价值观基本概念的界定，又有对作为价值观产生基础的社会发展历史的概述；既有全球不同社会制度、不同社会价值观演变的脉络，又有中国将如何建立一种价值观体系的探索和建议。全书层次分明，深入浅出，行文流畅，感觉良好。

作者认为一个大国只有占据道德的制高点，才能够打赢对手，进而引领全球。因此中国的崛起不但要赢得军事上和经济上的较量，还要赢得道德文明上的较量。其中一个关键就是是否拥有一套足以使人信服、使人自豪的价值观，能以此来凝聚国民的共识，并且被其他国家的民众所重视。这套价值观需要符合一些必要的条件，它必须具备充分的科学性，必须有足够的说服力，必须经得起反复的辩论。它不能靠单向的宣传，而需要有深厚的文化基础。它也必须能够配合中国社会的快速发展，还应该吸取目前资本主义社会各国的成功和失败两方面的经验，知道我们下一步的发展该如何去改善。

这本书共有八个篇章，第一篇的标题是《现代的中国为什么需要发展一套新的价值观？》，作者提出中国要发展软实力就必须建立一个共同的价值观。什么样的价值观能够取得共识呢？他说，这个价值观首先要为人们提供一种理想，让人们感觉在心理上有吸引力；第二应该有促进社会发展的功能，使社会更加稳定、更加集中。这两点是密切相关的，如果人没有理想只追求个人利益，社会很难进步，但是如果这个社会没有个人利益存在，也是很难发展的。

第二篇的标题是《价值观与社会发展的关系》，阐述了价值观的基本定义和起源，以及价值观随社会发展的变化。作者认为什么是价值观呢？价值观是一种影响人的判断或行为的准则，它可能是一种理想的精神，或者是一种被当时社会推崇的道德规范。价值观是一种现代词汇，但它的内涵其实很古老，自从人类的群居社会出现之后，就需要有相应的道德原则来维持社会的秩序。价值观与人性之间又有怎样的关系呢？其实人性包含先天和后天两种因素。先天因素是作为高级动物的本能，是一种恻隐之心、是非之心；社会上的关系是靠当时当地由社会群体界定的关系。比如现在的媒体广告刺激对消费的欲望，这也是一种价值观。另外这本书还具体回顾了什么是奴隶社会价值观、封建社会价值观、资本主义社会价值观，以及反资本主义社会价值观。反资本主义社会就是苏联模式。

第三篇的标题是《人类正在从资本主义社会向“后资本主义社会”过渡》。作者认为我们正在进入的新社会发展阶段，应该叫作后资本主义社会，这个发展阶段需要建立一套新的价值观。第四篇是《现代的中国人需要怎样的价值观？》。第五篇是《中华文化在现代社会的地位》。第六篇是《价值观的可操作性与局限性》，其中有如何看待民主和西方价值观的部分，值得深入阅读。第七篇是《如何在制度上体现新的价值观》，讲到中国应建立怎样的社会体制的问题。最后第八篇，《中国人要走自己的路》。

作者张东才教授是一位生命科学家，所以他把社会作为一个生命体去观察研究，认为社会个体与群体的关系，和细胞与人体的关系是非常相似的。每一个社会人都有其独立的生命，但人类又必须紧密合作才能保证社会的正常运行；如果一个社会出现了重大问题，里面的人就要付出痛苦的代价。随着人类社会的现代化，个体与群体的关系正变得越来越紧密，群体的利益也变得越来越重要，因为个体的安全和幸福已经融入到群体的命运之中。

这本书可以说既有广阔的视野，又强调科学的思维，同时具有很强的逻辑性。对于如何发扬中国文化以及如何平衡各种不同的价值观，都提出了深入的分析。作者对于社会演化的规律更提出了一些独特的见解，比如他说人类社会其实经过了这样几个阶段，从以力服人，到以法服人，到以财诱人，最后以德服人。他又提出在任何一个社会里面，其实都有一些圈子在轮流主宰这个社会，比如说武力的圈子、法律的圈子、财力的圈子、民众的圈子、精英的圈子、思想的圈子。那么我们这个社会目前正由一种怎样的圈子在主导社会价值观的走向呢？我想大家都很清楚。而将来社会要朝怎样的一个方向发展，通过这本书我们可以得到作者的一些建议。

（主讲　吕宁思）

《世界秩序》

我们这个时代的世界秩序

世界秩序

[美]亨利·基辛格◎著

Henry Kissinger

World Order

基辛格（Henry Alfred Kissinger，1923— ），德国出生的犹太裔美国外交家，1973年诺贝尔和平奖获得者。原美国国家安全顾问，尼克松政府国务卿，福特政府国务卿。另著有《白宫岁月》《动乱年代》《大外交》《论中国》等。

其实无论和平与发展，还是战争与革命，都无法完全描绘今天的世界秩序。

*World Order*这本书的作者，名字一听大家都知道，就是基辛格。书名翻成中文是《世界秩序》。基辛格了不起，如今已经九十几岁高龄了，但你猜这是他写的第几本书了？第十七本。而且离他出的上一本书仅仅过了三年。他的上一本书是《论中国》，书很厚，以一本书专门论述一个国家，这在基辛格之前从没有过，只有中国能入他法眼。我觉得九十几岁高龄的老人家现在应该天天喝茶、睡觉、散步才对，要么就是去看医生，他居然能每三年写出一本书，不得了。

基辛格为什么要写世界秩序？因为今天的世界没有秩序。今天世界面临的国际秩序到底是和平与发展，还是战争与革命？这两派可谓谁也说服不了谁。两者都曾试图用一种理论框架来描述当时的世界格局，以决定一种世界秩序，但现在我们发现，其实无论和平与发展，还是战争与革命，都无法完全描绘今天的世界秩序。

如果用和平与发展来描述的话，我们会发现今天的世界并不和平，到处都有战争——无论是阿富汗、伊拉克这样的反恐战争，还是叙利亚或中东这样的战争，或者东亚地区面临的各种因潜在领土争端和民族恩怨情仇可能引发的战争。反之，用战争与革命来描述当今世界也不合适，因为今天已经不是革命的时代，更不会因为革命引发战争，换句话说，不会以所谓意识形态或某种主义引发战争。

那么今天的世界到底是什么样的？冷战结束二十多年了，我们发现和平依然在望，但战争络绎不绝。革命虽然没有了，但很多旧的意识形态或观念，还在人们尤其是西方人的头脑里存在。世界上缺乏一种理论来描绘冷战结束之后的世界秩序，于是老人家基辛就写了这本书。

说到基辛格，中国人对他都非常熟悉，因为他的秘密访华[1]，才开创了1972年尼克松与毛泽东的历史性握手。基辛格在美国也很有名，第一同样是因为他促成了中美建交，第二则是因为冷战期间他

[1] 1971年7月9日，基辛格秘密访华，为中美建立外交奠定了良好基础。

斡旋于东西方之间。美国有过那么多走马灯般频繁更换的国务卿，但基辛格可以说是其中一个长久不衰的名字。

基辛格基于他多年政治学教授的积累以及国务卿履历的历练写下了这本书，提出了很多值得思考的问题。这本书总共有九章，首先讲到世界秩序的多元性，从1648年《威斯特发里亚和约》[1]开始讲起。1618年到1648年欧洲爆发三十年战争[2]，战争结束后就在德国的威斯特发里亚签署了这份条约，正式确定了民族国家以及国家主权神圣不可侵犯的准则，到今天已过去将近四百年了。可是到了1999年，这一准则在科索沃战争中遇到了第一次挑战，到底主权高于人权，还是人权高于主权？再后来又遭到过反恐战争的挑战，加上中国的迅速崛起，东亚地区也出现很多问题，所以西方人脑子里现在是一团糟。

书的第二章讲18、19世纪欧洲大国之间政治平衡的游戏和规则，今天所有的世界秩序理论都是从欧洲过来的。第三章和第四章讲伊斯兰世界与今天西方世界，以及伊朗和美国的关系。再之后，第五章就讲到了亚洲。讲到亚洲就绕不开中国，绕不开中国和日本的关

[1]《威斯特发里亚和约》（*The Peace Treaty of Westphalia*）是象征三十年战争结束而签订的一系列和约。

[2] 三十年战争，是全欧参与的一次大规模国际战争，欧洲各国争夺利益、树立霸权的矛盾以及宗教纠纷激化的产物。

系，绕不开亚洲地区在民族矛盾历史基础上形成的、加上现在新的地缘格局造成的战略上的冲突。

到了第六章，基辛格在里面探讨了亚洲的国际秩序与中国，以及中国与世界秩序之间的关系，提到了亚洲地区究竟是对抗还是伙伴关系的问题。基辛格认为，今天亚洲要想形成一个像欧洲那样的国际秩序恐怕是不可能的，亚洲国际秩序的形成正在经历一个非常漫长的过程。然后又讲到美国自身对世界秩序的观念。最后的结语就是，我们的时代到底还有没有世界秩序？

坦率讲，基辛格也没有给出一种完美的答案，他并没有提出理论。我想在未来几十年内，恐怕全世界没有一个政治家或哲学家，能够对今天和未来的世界秩序提出一种完全能够描述又有指向性的理论。不过有越来越多的学者正在探讨这个问题，越来越多的媒体人也在传播这方面的思考，以便让民众都能一起来思索我们这个时代的世界秩序到底该走向何方。尤其我们身处的东亚地区，到底是对抗关系还是伙伴关系？如果说对抗不行，伙伴也不行，那么在对抗与伙伴之间能不能走出第三条道路？我想这是基辛格这本书带给我们的一个重大启示。

（主讲　邱震海）

Third World America

美国正在走向第三世界?

阿里安娜·赫芬顿(Arianna Huffington),1950年出生于希腊雅典,美国《赫芬顿邮报》网站共同创始人,该网站是美国当今最具影响力的新闻博客网站。

乍看之下美国是强盛的，但是作者从另一个侧面发现，美国可能连第三世界都不如。

*Third World America*是美国的一本畅销书，书名的意思是“第三世界的美国”。美国总统奥巴马听到一定要疯了，因为奥巴马说21世纪美国要做领导者，但现在居然有美国国内的畅销书作家认为美国已经是第三世界了。再看书名下面的小标题，奥巴马更要吓死了，小标题是“我们的政治家正在如何抛弃中产阶级并出卖美国梦”。哇，这不得了！一看就是一本批评美国的书。书的作者阿里安娜·赫芬顿是个女作家，出生于希腊雅典，16岁时移民到了美国。

这本书写于2009年，出版于2010年，距今已有几年的时间了。2009年的时候，美国正处于经济最低潮的时期，2008年9月发生两房危机[1]，美国经济一蹶不振。奥巴马要救市，搞得我们中国也投进去4万亿人民币，挽救了中国经济，也挽救了世界经济。2010年，美国国内两房危机导致的金融危机达到了最低谷，那时去美国买房的人都赚了，美国的楼价跌得非常厉害。对外奥巴马则赶紧从小布什制造的两个泥沼——一个伊拉克战争，一个阿富汗战争——当中拔出腿来，把目光转向了亚洲，宣称要重返亚太，引起很多亚洲国家尤其是中国的反弹。所以到了2011年，奥巴马不能提重返亚太了，改称亚太再平衡战略。这些就是本书出版前后的时代背景。

情况往往就是这样，当经济跌到谷底时，自然让人产生很多反思；反之当经济情况良好时，就会有膨胀，我想这是人性使然。但这本书还不只是痛定思痛，它揭示出来的很多东西确实触及了美国问题的本质。比如作者提出，今天美国虽然有一流的科技、一流的军事、一流的精英，但是美国的很多中产阶级、草根阶层，他们的生活可能连中国的很多草根还不如。美国的中产阶级由于受到两房危机的影响，经济上正在承受很大的损失。所谓“横看成岭侧成峰，远近高低各不同”，乍看之下美国是强盛的，但是作者从另一个侧面发现，美国可能连第三世界都不如。

[1] 2008年9月7日，美国联邦政府决定接管美国两大住房抵押贷款融资机构——房利美和房地美公司。这一举动也是美国政府自20世纪30年代经济大萧条以来最大规模的市场干预行动。

书中专门有一个章节描写美国呈现出的第三世界惨象，包括治安问题等。关键到了后面，作者开始探讨到底谁扼杀了美国梦，以及美国如何拯救自己。英文当中有一句话很有趣，叫作Back to the future，表面看在往前走，其实是在倒退、走回头路。作者说美国的未来似乎就像这样，面临的是一个第三世界的未来，但美国应当自己拯救自己。如何拯救呢？她提出了一些看法。

美国自1964年开始，针对选民有一个“全国选举调研”，问选民认为美国政府是为所有人利益服务的，还是受大财团控制的？在当时，只有29%的民众认为是大财团在统治美国。而到了20世纪90年代中期，这个数字增长到76%；到了2008年，又增长到80%。这时美国人就觉得不能再这么下去了。

作者又提到，不仅美国的经济是被大财团控制的，就连美国的政坛也被操控于小圈子之手。政客们这里干不下去了就换到那里干，都是熟面孔。所谓美国梦都是骗人的。作者问道，美国中产阶级的发言权到底在哪里？舞台到底在哪里？虽然中产阶级是沉默的大多数，轻易不发声，但中产阶级一旦被惹恼，走上街头，基本上就是一个政权要面临倒台的危险时刻。显然美国在2010年左右面对的就是这种局面。

要改变困境，作者认为第一要改变美国的民主制度。听到这里，不要急于反驳，也不要欣喜若狂，作者的意思是从具体方面着手改变。民主当然是好东西，但民主的模式需要改变。作者认为可以先从民主竞选的游戏规则改起，然后从培养一流的教师入手，改善美国的教育。所以作者不是在情绪化地批评美国，也不是要否定美国民主，而是有建设性地提出具体的药方。她的这本书已经出版几年了，可以拿来对比一下今天的美国有没有改变。

（主讲　邱震海）

America: Imagine a World without Her

想象一个没有美国的世界

迪内希·德·索萨（Dinesh D'Souza），印度裔美国人，生于1961年。曾在里根时代任白宫政策分析师，2010—2012年担任纽约国王学院校长。被《纽约时报》评为美国最具影响力的保守派思想家之一。另著有《奥巴马的美国》等。

不管我们愿不愿意，一个没有美国的世界，确实还难以想象。

*Third World America*是一本唱衰美国的畅销书，有些人看了之后觉得很爽，乐于看到美国的衰败。2011年，美国联邦政府遭遇关门危机[1]，当时就有人说，美国政府都关门了，说不定美国也差不多要关门了，这个超级大国真是不行了。

在我看来，这是一个不甚成熟的看法，其实美国联邦政府关门恰恰证明美国虽然经济不景气，但美国的国会、联邦政府用钱审慎，美国对政府用钱的监督也非常严格。所以美国是一体两面，某一方面看是一个正在衰败的美国，美国梦几乎都要破产了；但另一方面，

[1] 2011年4月，美国联邦政府因财政年度预算案一直没有获准而面临关门危机。4月9日，美国国会共和、民主两党议员终于达成一项协议，使得国会能够在最后期限内通过给美国政府拨款的议案，避免了“政府关门”的尴尬。

美国确实还很强盛。2009年到2014年这五年间，美国经济一边在衰退，但一边也在复苏，复苏主要源于创新。其实2008年美国经济发生衰退也是因为创新太多而监管不足，这一点格林斯潘责无旁贷，有无可推卸的责任。但后来美国创新依然不减（美国的灵魂就是创新），再把监管补充到位，危机不就渡过了吗？

另外，美国现在实现了自尼克松时代就梦寐以求的、四十年来没能实现的能源独立。作为世界第一强国，也是能源消耗第一大国，美国现在的天然气供应不仅能做到自给自足，居然还可以出口，这是了不起的成绩。第一大经济体美国是如何做到的？她不吃饭了吗？非也。这是因为美国发明了一项页岩气[1]开采技术。页岩气储藏在地球深层，储量非常丰富，但是开采十分不易。美国这次又是依靠创新，发明了页岩气开采技术，极大地压低了世界的天然气价格，把靠着丰富天然气资源吃饭的俄罗斯逼到了墙角。所以，一个是正在衰退的美国，一个是继续保持创新活力的美国，哪一个美国才是真的？要我说，哪一个美国都是真的。

介绍*America：Imagine a World without Her*[2]这本书给大家，

[1] 页岩气是蕴藏于页岩层可供开采的天然气资源，其开发具有开采寿命长和生产周期长的优点。

[2] 此书已有中文简体字版，即《一个国家的自杀：假如美国不存在，世界将会怎样？》（四川人民出版社出版，2015）。

书的正标题是“美国”，副标题有意思，翻译过来意思是“想象一下没有美国的世界会是怎样”。美国人这话说得太大，在我看来，世界若没有美国，依然过得很好。

从我们中国的角度来说，没有美国作为老大，我们中国就是老大；没有美国搞搞台湾问题，搞搞日本问题，搞搞东亚的秩序问题，也许我们中国面临的国际环境会更好。当然，这一半是玩笑之言了。但同时，美国确实在影响和改变着世界，某种程度来说，不管我们愿不愿意，一个没有美国的世界，确实还难以想象。

那么美国到底有哪些方面让世界觉得没有美国不行呢？比如说美国的价值观。虽然中国有很多人不喜欢美国的价值观，但世界上绝大多数的国家依然绑着美国的价值观，比如东南亚国家就是典型。以前有位东南亚政治嘉宾上过我的节目，他说我们很需要中国，希望中国拿钱请我们吃饭，我说好。但他又说，我们希望美国拿枪保护我们，听到这话我的脸就沉下来了，我就问他那你希望日本干吗？他说也许希望日本跟我们上床吧。

让中国用钱请他吃饭，让美国用枪保护他，然后跟日本人上床，这当然也一半是玩笑话了，但背后是一种黑色幽默。所以，世界秩序的维护确实和美国有很大牵连，世界离开了美国恐怕还真要大乱。当然，美国的影响如果矫枉过正，世界也会大乱。因此基辛格会说，这个世界在21世纪需要一种新的权力平衡，左边是美国，右边是中国；左边是一个已经崛起的守成国，右边是一个正在崛起的新兴大国。

这本书的作者迪内希·德·索萨经常被美国媒体采访，他是个印度移民，大概在十几岁的时候来到美国。他在美国不但帮美国的政治家竞选，自己也想去竞选。同时他还拍电影，写畅销书，算是一个自由知识分子，对美国一代人的价值观造成了很大的影响。对于他提出的世界离不开美国的观点，我似乎找不到很好的理据推倒；就像那本认为美国正走向第三世界的书，我同样找不到充分的理据推倒。昨日美国国内有人唱衰美国，今天美国国内就有人唱盛美国，可能一切都尽在不言之中，尽在我们的一念之间。

美国这个国家，正在被别国追赶，正在被我们追赶。美国这个国家，也许我们依然不能忽视。

（主讲　邱震海）

《如何建造时光机》

时光旅行可能吗？

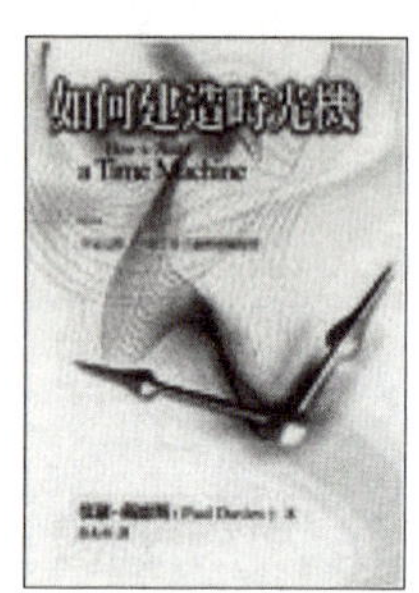

保罗·戴维斯（Paul Davies），澳大利亚理论物理学家，并长期从事科普工作。另著有《第五项奇迹》《关于时间》《上帝与新物理学》等畅销书。

时间为什么能被穿梭？答案就是，时间是有弹性的。

每到年末，媒体都会展开一轮热闹的盘点，什么年度作家、年度好书、年度音乐、年度电影等等。在书的评比里面我发现一个奇怪的现象，就是大概近十年以来，我们由专家和书评人评选出来的不论畅销书也好、年度好书也好，里面绝少有自然科学类书籍入榜。这说明什么呢？说明第一，在中国的图书市场上，科普书是不太受欢迎的；第二，在很多专家和书评人的眼中，这类书同样不重要。为什么会这样呢？

在专家和书评人方面，我觉得是因为他们中的大多数是以人文社科为主要关怀的，所以眼界扩不到自然科学领域去。但比较一下别的地区，为什么我们总能够在英语世界如美国、英国、加拿大、澳大利亚，甚至在日本，还有华语世界里的中国台湾，看到很多报刊的书评版面在介绍自然科学类图书呢？那里的年度畅销书榜上也都会出现一些重要的科学书籍。

我无法解释这种现象，但我本人有兴趣去阅读一批天文学方面的书，虽然我完全是个外行，常常需要花费更多时间来理解这些书。也希望有越来越多的读者能对这样的书感兴趣，那么说不定在五年、十年之后，我们的编剧也能写出《星际穿越》这样的科幻电影，而不只是古代的武林高手如何飞到现在的所谓穿越剧。

《如何建造时光机》是一本很薄的科普书，讲的是时光旅行，它的作者保罗·戴维斯是一位非常有名的理论物理学家。保罗常常用深入浅出的文笔为大众介绍一些很精深很专门的物理知识，像他这样的学者其实在世界很多地区都有。

我们看过电影《星际穿越》，也了解动画片《哆啦A梦》里面小叮当是坐着时光机从未来飞来拯救大雄的，但时光机是怎么造出来的，这些电影几乎不讲。保罗的这本小书当然也不可能告诉我们时光机是怎么造出来的，说穿了，书名只是一个噱头，作者要讲的是时光旅行背后的科学原理，即时间为什么能被穿梭？答案就是，时间是有弹性的。

如何证明时间是有弹性的？举个例子，这本书里说："1959

年，有人在哈佛大学里一座22.5公尺高的塔楼上进行实验，以测试时间扭曲因子。他们利用极精准的核子过程，结果侦测到0.000000000000257%的减缓效应。”也就是说楼顶和楼底之间的时间差了这么多的数值。为什么会这样呢？因为时间会随着重力大小和行进速度而发生改变。还有我们现在科幻片看多了，都听说过太空里的时间过得比地球慢，这些现象就叫作时间是有弹性的。

既然时间是有弹性的，它就可以被穿越，那么就可以构想怎么建造时光机了。在作者规划的时光机建造工厂里有四个工作站，分别是对撞机（collider）、内爆机（imploder）、膨胀机（inflator）和时差机（differentiator）。假如你对它们都有了了解，说不定将来你也能成为一个农民达芬奇[1]，自己造一个时光机出来。

（主讲　梁文道）

[1] 2010年，艺术家蔡国强在上海外滩美术馆举办了一场名为“农民达芬奇”的展览，展出12位农民的60多件发明创造，包括飞机、飞碟、潜水艇、机器人等。

《g先生：关于宇宙创造的小说》

如果造物者是物理学家……

艾伦·莱特曼（Alan Lightman），美国理论物理学家、小说家，生于1948年。美国麻省理工学院第一位荣获自然与人文学科双教职的人，同时担任物理学科与人文学科教授。另著有小说《爱因斯坦的梦》《诊断》等。

有了时间之后，接下来诞生的是音乐。

小说家有时就像一个重新创造世界的人。而且有些小说家，真的想要在小说里上演一遍创造世界的过程，通常这个过程听起来会像神话，因为小说家往往采取的是一种神话式写法，虚拟出一个天地万物诞生时的状况。很典型的就是在《魔戒》里，托尔金[1]重演的创世过程。

可是若严肃看待创世这件事，要面对的问题可就多了。比如，要想写世界是如何被神或者一股至高的力量创造出来的，就一定要写这个神或者至高力量是什么样的状态，还有创世之前有什么东西存在。可是，好像所有的语言都不适用于描述宇宙诞生之前的状态，因

[1] 约翰·托尔金（John Ronald Reuel Tolkien，1892—1973），英国作家、语言学家及大学教授。《霍比特人》和《魔戒》的作者，被誉为“现代奇幻文学之父”。

为宇宙诞生之前是没有时间的，如果没有一个接续不断的时间轴，怎么去构成一个叙事呢？何况宇宙诞生之前也根本没有语言，那么如何用语言去形容一个既没有语言，也没有万事万物的虚空世界呢？这都是些很困难的问题，所以大多数作家都假设这些问题不存在。

但假如一个作家碰巧对科学的态度也很严谨，决定兼顾科学和文学的角度来写创世会怎样呢？他一方面要从科学层面去假想宇宙诞生之前的状态——但霍金已经告诉我们那是不可能想象的，如果偏要想象，只能是一种文学形态的想象；另一方面他要用语言去描述语言存在之前的宇宙和种种事件，这是多么不容易。

可是真就有这样一本书，书名叫《g先生：关于宇宙创造的小说》。这本书的作者艾伦·莱特曼是一个很特别的人，他在麻省理工学院做教授，教的是物理学，也在哈佛大学教天文学；但同时他还在麻省理工学院的人文学部教文学创作，是该学院第一位获得科学与人文学双教授头衔的人。另外他也教科学写作。

艾伦·莱特曼既然是一位拥有专业知识的顶尖物理学家，他当然知道自己要写的宇宙创生是怎么回事。同时他又是一位小说家，此前他的处女作《爱因斯坦的梦》一经问世便广受好评。有着这么扎实的底子，我们来看看他是怎样写创世的。

他仍然设置了一些人物，也有一个创世神存在，只不过这个创世神的家庭关系比较特别，他没有爸爸妈妈，但是有叔叔婶婶。叔叔和婶婶的名字，一个来自古希腊史诗，一个来自印度教天神，而创世神是没有名字的，这三个神组成了一个家庭。

非常有趣的是，这位创世神真的演示了一遍物理学家才会构想出来的创世过程。首先是创造时间。在时间出现之前，宇宙只是一片漫无边际的虚无，我们的创世神“在无形状且无止境的空虚里塞进了一个箭头，一个指向未来的箭头。于是就有了一个从前和一个以后，有了事件的辗转相续，有了从过去到未来的迁移，换句话说，一趟穿梭时间的旅行”。

有了时间之后，接下来诞生的是音乐。在我看来，这并非艾伦·莱特曼从物理学的角度做出的判断，而是他出于文学的美妙想象。他这样讲：“接着有了音乐。虚空总会跟我的思想之音产生共鸣，但是在时间存在以前，所有的声响是同步齐发的，宛如数百万个音符一起演奏。现在我们听得到一个接着一个的音符，一连串的声音、琶音和滑步。我们可以听到旋律。我们可以听到节奏和诗体的乐句将时间聚拢在层次分明的美妙声音里。”很明显，如果时间不存在，音乐是不可能发生的。

然后这位创世神又创造了什么呢？那真是出自一个物理学家的想象了："在定境当中的我决定创造量子力学。虽然我热爱逻辑的确定性和清晰明白的定义，但是我也觉得存在锐利的棱边必须磨圆一点。我想要在我的创造里保留一点艺术的歧义性，一种适度的扩散作用。"

再下来他决定创造宇宙，无穷的宇宙，其中之一就是我们所生存的这个宇宙，并且为它设定了基本规律。基本规律存在了，量子力学存在了，这个宇宙就开始从能量产生出物质，从物质产生出有机体，又从有机体产生出生命。慢慢地，生命有了不可控的自由意志，开始提出很多疑问，就包括世界从哪里来，人为什么会死亡，死亡之后会怎样？而我们的创世神就像在欣赏美丽的水晶球一样，看着这样的宇宙从他手上诞生，然后又不可避免地慢慢消亡。

这个宇宙从诞生到消亡的整个过程，就浓缩在这样一本创世的小说里面。

（主讲　梁文道）

《爱因斯坦的梦》

想象时间的三十个梦境

在这个世界里，时间如水流，偶尔会被一截残丝断片所推移，或被一缕飘过的微风所带动。

1905年有一位26岁的年轻人，他刚刚念完书，暂时还没有找到工作。他理想的工作是能够进入一所优质大学当教授，但一时间找不到合乎心意的去处，于是他来到瑞士首都伯尔尼做公务员，在专利局里当三级技术员，主要工作是测评那些递交给瑞士政府的各种发明专利和实验专利是否可行。他的兴趣非常广泛，在测试专利项目的时候常常会被激发出灵感，甚至会主动向专利申请人提出修改意见。据说后来很多人都非常感激这位年轻人给他们的极具创意的建议。

同样在这一年，这位年轻人白天做公务员，晚上就在他小小的公寓里面做研究、写论文。这一年他写了三篇惊天动地的论文，分别涉及物理学的三个不同领域——电磁学、量子论和统计物理。一百年之后，为了庆祝这些划时代论文发表一百周年，2005年还被定为“世界物理年”。这位年轻人是谁呢？他就是爱因斯坦。

说到爱因斯坦，我们首先会联想到的字眼就是“天才”，好像只有这个词才能形容他的能耐。否则我们没法理解一个人为什么在缺乏学术资源，又没有人可以一起讨论前沿学术问题，也得不到什么资助的情况下，一边要维持生计，照顾妻子及刚刚出生的小孩，一边还能拿出那么多重要的研究成果，包括提出$E=mc^2$这个革命性的方程式，奠定了相对论的基础。

今日关于爱因斯坦的书可谓汗牛充栋，有太多他的传记和关于相对论的解释，但很多人还是说不清相对论是怎么回事。哪怕在一百多年后的今天，相对论已经被应用到大众的日常生活里。举个例子，现在开车普遍会用到的全球卫星定位系统，就考虑了卫星时钟与我们的地面时钟行走速度不一样的问题，所以采取了一些设计来纠正两者的时差。

相对论之所以不好理解，是因为它与我们直观上对时空的感受背道而驰。爱因斯坦大大挑战了人们习惯的时空观念。一直以来，很多人都在试图解释爱因斯坦这个惊人理论的由来，但我从来没见过一本书会像《爱因斯坦的梦》这样，把事情解释得如此奇妙。

《爱因斯坦的梦》是艾伦·莱特曼的小说成名作。此人本来是物理学家，在麻省理工学院和哈佛大学教授物理学和天文学，但他同时能够跨界写小说，用几近诗人之笔创作了这本曼妙的《爱因斯坦的梦》。后来他又写过一本物理学家视角下的创世神话，《g先生：关于宇宙创造的小说》。

《爱因斯坦的梦》的创作灵感源于艾伦·莱特曼的一个有趣的想法：相对论的发现，和爱因斯坦那一年做的梦有关。这当然是没有根据的，甚至是无稽之谈，而实际上，艾伦·莱特曼的意图是要用想象的手法，在虚构出来的爱因斯坦的三十个梦当中，探讨相对论的核心——时空问题。他将时间和空间在梦里做了各种各样的拉扯和幻想，又把它们放到爱因斯坦所住的城市伯尔尼的具体时空之中，幻化出各种各样的效果。可以说，这三十个梦是有趣的实验，并非严格的物理学实验，而是通过文学做出的诗意的思想实验。

三十个梦之间并不存在连贯性，正如译者童元方教授所讲，这是一本每个梦都自有其独特性的散文诗。其中有几个梦，简直美得让我以为在看意大利作家卡尔维诺[1]的作品。比如有这么一个梦，它

[1] 伊塔洛·卡尔维诺（Italo Calvino，1923—1985），意大利小说家，其作品《看不见的城市》以奇特的想象虚构出许多城市。代表作还有《通向蜘蛛巢的小径》《我们的祖先》《寒冬夜行人》《帕洛马尔》《新千年文学备忘录》等。

和时间旅行有关：

在这个世界里，时间如水流，偶尔会被一截残丝断片所推移，或被一缕飘过的微风所带动。宇宙间的扰攘，不时地引起时间的小河离开主流，而使其间种种因缘际会回溯。这种事情发生的时候，正好卡在支流中的土壤、鸟儿、人物会发现他们自己就在突然之间被带回到过去。

带回到从前的人是很容易辨认的：他们穿深色而无特征的衣服，他们踮着脚尖走路，不发出一丝声响，不踩弯一片草叶。因为他们惶恐，甚至畏惧，就怕改变了过去的任何因，将会为未来结出不可测的果来。

比如现在，这样的一个人就蹲在克拉姆巷十九号拱门的阴影里，对一个来自未来的旅人而言，这是一个奇怪的地方，但是，她就蹲在那里。路人经过她身边，盯着看一会儿，又接着走过去了。她蜷曲在墙角，然后很快地匍匐过街，又畏缩在另一个黑暗的角落，这一次是二十二号。

在艾伦·莱特曼笔下，这些被时间流带回到过去的人，形象是多么特别，他们惶恐地蹲在墙角，显得有些奇怪，轻易就能从现实世界里被认出来。而看到他们的人，却对他们不感兴趣，任由他们被弃置在黑暗的角落里。

这些来自未来的人，生怕他们的一丁点举动就会导致历史的巨大不同：

如果来自未来的旅人一定要开口，他不说话，只是喃喃低语。他喃喃发出受折磨的声音。他非常痛苦。因为，他若在任何事上作任何改变，即使是最微小的改变，都可能毁灭未来；同时，他不能避免眼见事情发生却莫能助；他无法参与其间，也不能改变现状。他羡慕生活在自己时间里的人：他们无视于未来，无知于后果，所以可以单凭己意行事。可是，他却不能起而行。他是惰性气体、一个幽灵、一张没有魂魄的平面。他失去了人之所以为人的部分，被时间放逐了。

所以人一旦从时间中脱轨，就要面临不能再像人那样去生活的风险。还有一个梦是这样的：

在这个世界里，显而易见的，有些事情透着奇怪。没有房子盖在平地上或溪谷里；每个人都住在山上。

在过去，曾有一天，科学家发现：离地心愈远，时间流动得愈慢。虽说是微乎其微的差别，却可以用最精密的仪器测度出来。一旦了解了这个现象，就有些热衷于青春永驻的人，搬到山上去了。现在，所有的房子都盖在阿尔卑斯山中的窦姆峰、马特宏峰、罗撒峰和其他的高地上。其他地方的住屋是不可能卖得出去了。

只有把家建在山上，许多人还是不甚满意。为了达到最大的效果，他们干脆把房子盖在高杆上，成了高脚屋。……事实上，有些坐落在细长木腿上的房子，伸入天空竟达半英里之高。高度即地位。如果有一个人从他的厨房窗户望出去的时候，一定得仰望才看得到他的邻居的话，他就相信：这邻居不会像他这么快就膝盖僵硬，他的邻居会比较晚才掉头发，比较晚才生皱纹，自然不会像他这么早就失去了恋爱的勇气。

这不就是关于相对论的通俗解说吗？在艾伦·莱特曼的笔下竟成了这样一种诗意的想象。而整本书我觉得最漂亮的梦莫过于这一则：

有一个地方的时间是静止不动的。雨点凝于大气中，不落下来；钟摆晃荡在半路上，不摆过去。狗儿伸着头张着嘴，却没有吠出声来。行人在尘土飞扬的街上定住了，腿只抬了一半，好像有绳子把他们拉住。枣子、芒果、胡荽、茴香的气味悬在空中，不会散去。

一个旅人不论从何方到来，他越接近此地，他的动作越缓慢。他的心跳减速，他的呼吸变弱，他的体温降低，他的思想迟滞，一直到他来到死亡中心，一切停顿了为止。因为这是时间的中心。时间从此处始，以画同心圆的方式向外流动——圆心静止，向外直径越大，时间的速度也越快。

这个梦同样是相对论引发的灵感，只是换了一个不同的方式来拉扯时间，使之变成以同心圆的轨迹向外扩散。处在时间圆心上的人，“其实也在动，但是是以冰河的速度在动。刷一下头发大概要一年，一个吻大概要千年”。

而当他们回到外面的世界，会发现孩子在飞快地成长，忘记了父母曾给过他们和世纪一样长的拥抱。“回到外面世界的情人发现他们的朋友都早已去世了。毕竟，好几辈子过去了。他们现在在一个自己所不认识的世界里活动。回去的情人仍旧在大楼的阴影里拥抱，但他们的拥抱似乎是既空虚而又孤独的。不久，他们忘了世纪长的盟约，对他们而言，那盟约只持续了几秒钟。”

（主讲　梁文道）

《为什么$E=mc^2$?》

这次你一定能搞懂相对论

布莱恩·阔克斯(Brian Cox,1968—),英国物理学家,英国皇家学会(Royal Society)研究员,曼彻斯特大学教授。BBC广受欢迎的系列纪录片《太阳系的奇迹》《宇宙的奇迹》《生命的奇迹》的解说主持人。年轻时曾做过摇滚乐队键盘手。

杰夫·福肖(Jeff Forshaw),英国物理学家,曼彻斯特大学教授。主要研究领域是基本粒子物理。

整个20世纪的物理学史，都可以从这个提问开始：为什么$E=mc^2$?

我平时在跟人聊天时发现，虽然大家都听说过相对论里的$E=mc^2$这个著名方程式，但很多人对相对论的理解仍非常模糊。也许有人能讲出一些印象，能背出方程式，却无法较为整体地说出相对论的含义及其对现代物理学的影响。究其原因，主要是由于相对论描绘的世界太过违背常识，所以要理解它就变得相当困难。

于是就需要一些很好的入门书，来帮助我们突破习惯性的时空概念，然后一步步进入当代物理学的核心问题。比如《为什么$E=mc^2$？》，就是一本对当代物理学解释得非常清楚的科普书。

这本书由两位作者合著完成，一个是杰夫·福肖，他是理论物理学家，在英国曼彻斯特大学任教。另一位布莱恩·阔克斯，可能有人知道他，因为他除了是物理学家之外，也曾做过D:Ream乐队[1]的键盘手，可以说是一个有着摇滚歌手气质的物理学家，实属罕见。阔克斯现在任教于曼彻斯特大学，同时是英国皇家学会研究员，以及欧洲核子研究中心粒子科学家，负责大型强子对撞机[2]的超导环场探测器[3]实验。

这两人合著的《为什么$E=mc^2$？》，在我看来完成了一件没有人做到的事，就是终于把$E=mc^2$这个方程式解释清楚了。理解该方程式需要走过一条漫长的路，好在两位作者都是很好的导游，他们带领我们从哪里开始呢？居然是遥远的亚里士多德。他们先讲亚里士多德的固定空间观和绝对运动观，然后讲它们后来是如何遭到伽利略的挑战的[4]，让我们理解了并没有所谓绝对运动，而只有相对运动。举例

[1] D:Ream是一支北爱尔兰乐队，1997年因一首作品*Things Can Only Get Better*被英国工党选为竞选主题歌而变得家喻户晓。布莱恩·阔克斯大学时曾担任过这支乐队的键盘手，后退出乐队，兴趣转向物理学。因为他认为探索宇宙的奥妙比唱流行音乐更激动人心。他还说过："科学太重要了，它必须也不得不成为流行文化的一部分。"

[2] 大型强子对撞机是现在世界上最大、能量最高的粒子加速器，是一种将质子加速对撞的高能物理设备。

[3] 超导环场探测器（ATLAS），是大型强子对撞机的实验用探测器之一。

[4] 伽利略通过天空中不断运行的行星轨迹断定，地球并不是静止不动的，但地球上的我们感觉自己是静止的，他因此得到一个启发，所谓运动总是在有参照物的情况下才具有意义，否则我们无法判断和定义什么是动、什么是静。

来说，当你坐火车离开月台的时候，究竟是你在运动，还是车窗外正望着你的人在运动呢？这取决于站在哪个观察位置上。伽利略之后，传统对于空间的直观感受就开始慢慢发生改变了。

而对于时间观，作者从法拉第的电磁感应实验[1]讲起，然后讲到麦克斯韦在电场和磁场之间的强度比实验中发现了恒定的光速[2]。这时传统物理学就出现了矛盾，因为如果所有运动都是相对的，怎么可能有恒定的速度呢？于是后来就有了爱因斯坦的相对论。

对物理学了解不多的人，听到这么多理论可能已经觉得眼花缭乱了，但这两位作者的讲解，可是非常详细清楚的。他们除了文笔好又幽默之外，有时甚至是浪漫的，这种形象化的浪漫有助于我们对理论的理解。举例来说，书里在讲到月球为何会以每年四厘米的速度逐渐远离地球时，于解释科学原理的过程中，插入了意大利小说家卡尔维诺的作品《月亮的距离》里面对该天文现象的想象。在这个故事里，卡尔维诺想象在远古的某个时候，我们的祖先每天晚上都能坐船穿越海洋到达月亮停靠的地方，并且用梯子就能爬到月球的表面。然

[1] 法拉第实验发现了电流与磁场两个自然现象之间存在的深层联系。

[2] 麦克斯韦用来描述法拉第电磁实验的方程，预测了某种波的存在。后来通过测量电场和磁场之间的强度比，发现了这个电磁波的速度是每秒299,792,458米，这也是光的速度。

而随着月亮不断地远离地球，终于有一天晚上那些喜欢月亮的人必须面对一个选择，要么永远地待在月亮上与世隔绝，要么永远地告别月亮返回地球。这个想象听起来是无稽之谈，灵感却来自物理规律，而后者有时听上去更不可思议。

这本书也完全不回避枯燥的方程式，不像大多数科普书尽量避免出现太多数学，它很坦白地告诉读者，如果不搞懂数学方程式，就很难搞懂相对论。了不起的是，作者就连这部分也解释得一清二楚。最后，在讲完相对论之后，这本书还让我们看到$E=mc^2$在今天仍有的意义。我们会发现，原来整个20世纪的物理学史，都可以从这个提问开始：为什么$E=mc^2$?

（主讲　梁文道）

《爱因斯坦在柏林》

一个天才与一座城市的命运交会

胡贝尔·戈纳（Hubert Goenner），德国物理学教授，在格丁根大学（Georg-August-Universität Göttingen）理论物理学研究所任教。另著有《爱因斯坦相对论》等。

对文艺作品最大的打压不一定是来自政府，而是来自社会大众，因为德国正处在一个民族主义异常狂热的时期。

爱因斯坦1914年至1933年居住德国柏林期间，大概是他人生中最辉煌的一段时期了。这段时间里，他不仅得到诺贝尔物理学奖，而且在当时国际物理学的重镇柏林出任洪堡大学[1]教授，同时担任威廉皇帝物理研究所所长，奠定了自己的学术地位。后来到了希特勒率领纳粹党正式取得政权的时候，他已经离开德国，去了美国的普林斯顿，并且再也没有回到德国。

1914年至1933年这二十年间，不仅是爱因斯坦人生中的重要时

[1] 柏林洪堡大学（Humboldt-Universität zu Berlin），成立于1810年，由当时的普鲁士教育大臣、德国著名学者兼教育改革家威廉·冯·洪堡（Wilhem von Humboldt）创办。该校拥有十分辉煌的历史，对于欧洲乃至全世界的影响都相当深远。

刻，对柏林这座城市来说也是一个重要时刻。《爱因斯坦在柏林》讲的就是这个城市和这位伟大科学家交会的故事。

这本书的作者胡贝尔·戈纳是一名物理学教授，在德国的格丁根大学理论物理学研究所任教。他的文笔并不十分优美，也没有受过专业的史学训练，所以欠缺把史料很好地组织起来以及透过史料做出有洞察力的分析的能力。但是他在书中给出的大量事实资料仍然值得我们注意，因为可以帮助我们了解爱因斯坦的经历，也有助我们了解爱因斯坦当年在柏林的处境。

该书笔法特别客观冷静，除了讲述爱因斯坦那时候的生活，此外没有太多评论。尽管也有一些简单的评语，但不会涉及人物性格的分析。不过我们依然可以从中得出对爱因斯坦的印象，他是个什么样的人呢？

首先在私生活上，他非常风流，除了先后娶过两位太太之外，还有过许多情人。他的首任妻子是一个很特别的女性米列娃[1]，她本来也是学物理的，水平和爱因斯坦旗鼓相当，可以一起讨论学问，但是嫁给爱因斯坦之后，她的精力放在生养孩子上面，就逐渐变成一个没法和爱因斯坦切磋的家庭主妇了。

[1] 米列娃·玛丽克，塞尔维亚著名女数学家、物理学家。

等到他们一起来到柏林时，爱因斯坦已经公开和他的一个表姐兼堂姐谈起恋爱，虽然他和太太仍住在一起，却让太太签了一份约法三章的协议书，声称太太若不照办他就会搬走。在协议书里，爱因斯坦像对待用人一样对待米列娃，“给她一张书面指示——由甲到丁四条，各有一至三点——当中‘秩序’、‘你要放弃’和‘你有义务’等词语出现不止一次。每天还要端三餐到他房间，而且不得奢望温柔相待”。

后来爱因斯坦终于如愿和米列娃分手，和他的表姐艾尔莎在一起了，却很快又爱上了他的继女。就是说他的表姐也是结过婚的，还生了一个女儿，爱因斯坦先是爱上了当妈的，然后又喜欢上了继女。究竟第二任太太该选艾尔莎，还是艾尔莎的女儿？这个问题一度让爱因斯坦很困扰。

爱因斯坦刚刚到达柏林的时候，这座城市的景观仍是田野、乡镇和一些较为繁华的市街的组合体，给人一种比较乡下的感觉。因为在欧洲国家里，柏林算是一个很年轻的首都，没有太多的历史积累和宏大的古典建筑，仿佛一切都是新的。但就在爱因斯坦留居的二十年里，柏林迅速发展，尽管在第一次世界大战当中战败，仍很快崛起为整个欧洲文化的重镇，成为一个大都会。普鲁士到底是一个强国，哪怕战败，后来的魏玛共和国[1]还是撑得住这片天。

人们通常以为，20世纪初的魏玛共和国处在德语世界文化的黄金时代，出了许多了不起的作家、艺术家、音乐家，有着丰富的戏剧、电影等文化活动，柏林则是它的文化中心。但是按照这本书的说法，那时的柏林其实没有我们想象中自由。普鲁士帝国时期柏林就存在很多对言论和文化的审查，到了魏玛共和国时期，仍有很多文艺作品不能公开展示。但这时对文艺作品最大的打压不一定来自政府，而是来自社会大众，因为德国正处在一个民族主义异常狂热的时期。

1914年恰好也是第一次世界大战爆发的年份，所以爱因斯坦刚刚到达柏林，就马上被卷入一场选择战争立场的社会争论。还好这时爱因斯坦拿的是瑞士护照，避免了尴尬，否则他可能需要像他的同僚们那样被迫出来表态。当时柏林科学界里一些最聪明的头脑都躲不开写联署声明，呼吁普鲁士人要站起来团结在帝国和皇帝身边，出兵欧洲。其中很多人都把战争看作不可避免的，甚至鼓励战争的发生，鼓吹民众要为战争牺牲的观念。

但爱因斯坦是一个非常坚定的和平主义者和国际主义者，瞧不起民族主义，认为民族主义只是披在血腥屠杀外面的一件破旧外套而

[1] 魏玛共和国指1918年至1933年期间采用共和宪政政体的德国。

已。他很不在乎国籍，也不在乎民族身份，觉得人与人之间不应该被这些东西割裂开来。所以一战期间，他大量鼓吹反战运动，如果不是他的身份和名望在保护他，他一定会受到攻击。一些像他这样的学者和知识分子已经被国民谴责为卖国贼了，不用等国家出手，就有街上的暴民出来惩罚他们。

有意思的是，这时的爱因斯坦一方面主张国际主义，一方面开始越来越认识到自己的犹太人身份。他说在瑞士时从来没有感到自己是犹太人，到了德国才有所发觉，意思就是德国的反犹情绪比瑞士严重得多。德国的犹太人分为两种，一种是成功的犹太人，比如一些银行家、工业家、学者、作家，他们从文化上完全认同了日耳曼民族，抛弃了自己的民族文化和信仰；另外一种则是从俄罗斯移民过来的比较保守的犹太人，这些人活得并不如意，处在社会低下阶层。爱因斯坦在柏林和这两种犹太人都有接触，然后他的犹太人意识觉醒了。

因为社会上反犹情绪的存在，当时也有很多德国人反对爱因斯坦，他们的理由是，这个犹太人提出一些荒谬的理论来蛊惑年轻人的心灵。但爱因斯坦太有名了，所以到了1929年他50岁生日那年，德国总理还给他发电报说，德国自豪地望着“它那伟大的学者，他为德国科学赢得不朽的声誉”。普鲁士文化部部长则在电报里说：“我觉得非常满足，因为您在普鲁士科学院找到自己的精神家园，且不断为它增添名望。”可见他那时仍是德国达官贵人巴结的对象。但是短短两三年之后，局势就完全变了，所有犹太人都遭到驱逐。流亡美国途中的爱因斯坦发现，他原来的很多同事正在集体谴责他，说他是一个卖国贼，同时也在挖他身为犹太人的疮疤。

这就是我通览全书最感兴趣的现象，假如回到具体的历史时空去看，你会发现一切变化来得是如此迅速，超乎想象。今天国家还欣欣向荣、社会安稳，不晓得为什么明天就陷入了战争；而昨天还非常理智的人，今天却成了最狂热的好战分子。

（主讲　梁文道）

《重返天文咖啡馆》

天文学的十万个为什么

施滕·奥登瓦尔德（Sten Odenwald），美国国家宇航局（NASA）的教育和公众普及总管。另著有《天文咖啡馆》《第23周》《空洞中的花样》等。

“当你在距离黑洞视界还有40英里（约64千米）的时候，黑洞引力在手臂以及胸口上所造成的引力差就已经达到1000倍地球重力了。”结果会怎样？“你的手臂会从你身上被拉扯掉。”

据我多年到处跑的经验，我发现去一个地方之前要想了解一下当地的天气状况，比如温度、湿度、是否有雨等等，最理想的办法就是登录当地的气象局网站。通常在网站首页，就会显示出非常准确且全面的气象资讯，这些气象局都很清楚自己的任务是什么，知道人们的需要在哪里。

我最近出于好奇心，登录了我们的国家航天局网站，发现首页介绍的是其人事结构，局长是谁、副局长是谁、秘书长是谁，等等。这些当然很重要，但若能再进一步，给公众科普一下这些职位身肩的重任，不是更好吗？而在美国宇航局NASA的首页上，虽然也在讲其丰功伟绩，但同时也会普及很多的天文知识。平心而论，我们的国家航天局网站上也有这类知识，只是鼠标得多点两下才能进入相关的页面。

这本《重返天文咖啡馆》是“科学咖啡馆系列”中的一种，国内有不少读者喜欢这套书。《重返天文咖啡馆》的作者施滕·奥登瓦尔德，是NASA的一位科学家，职责是公众普及主管，也即代表美国宇航局去和公众沟通。此人最出名的一件事是创办了一个叫作“访问天文学家”（Ask the Astronomer）的网站，在上面回答世界各地的人用英语提出的各种各样的天文问题。而他这本书的内容，就是从该网站创办以来积累的上万条问答中精选出来的。

比如这里面有一个问题，是很多人都会问的：“黑洞的另一头是什么？”作者说：“在所有黑洞的内部有一个密度极端高的区域，所有掉入黑洞的物质都集中到了那里，它被称为奇点。数学告诉我们奇点有着无限的时空曲率和引力场强度。”黑洞也常被很多科幻小说、科幻电影用来实现快速的星际旅行，《星际穿越》正是利用这一点做文章，设计了由书架构成的隧道那个场景。

又有人问了一个更具体的问题：“如果你把手伸进黑洞会发生什么？”作者回答：“你不可能静止在黑洞外面，并且把手伸进黑洞，因为在距离黑洞视界‘一个手臂’的距离上不存在稳定的轨道。

你唯一能靠近黑洞的办法就是让自己掉入黑洞。”更严重的是，黑洞有着巨大的潮汐力[1]。以恒星形成的黑洞为例，“当你在距离黑洞视界还有40英里（约64千米）的时候，黑洞引力在手臂以及胸口上所造成的引力差就已经达到1000倍地球重力了。”结果会怎样？“你的手臂会从你身上被拉扯掉。”

但是否一定要这么悲观呢？有个人不死心，继续追问黑洞内部的问题：“要是做一次进入黑洞内部的旅游，那么会有何种感受？”答案是这样的：“进入事件视界[2]后，必然存在极度的视觉变形，结果使得景象看上去就像出自嘉年华游乐园的某种东西。辐射会表现出由引力和多普勒效应引起的各种红移或蓝移……”这就是为什么科幻电影里人进入黑洞之后，周围都是闪烁的光，那即是在模拟红移和蓝移造成的效果。

而对我们更关心的问题，黑洞是否一定会让我们四分五裂，答案则是不一定。因为也有一些黑洞，“视界附近的潮汐力非常微小，

[1] 当引力源对物体产生作用力时，由于物体上各点到引力源距离不等，故受到的引力大小不同，从而产生引力差，对物体产生撕扯效果。这种引力差就是潮汐力。

[2] 事件视界指：每一个黑洞的周围都有一个数学上的曲面，它把外部宇宙同黑洞内部的时空隔离开来。这个面称为事件视界，因为对外部观测者来说，不管经历多长的时间，他们永远都不可能看到这个曲面内发生的任何事件。

你几乎可以毫无感觉地抵达视界……你的身体会完好无缺地慢慢穿过视界，但是你必须面对一个非常无奈的未来，你会掉向几十亿英里远的奇点。根据相对论，无论哪种情况，远处的观测者都会看到你的手和你身体的其余部分‘消失’”。

黑洞问题又必然会触及一些基础的物理学知识，比如说引力，或者我们通常叫作重力。有一个提问者显然对广义相对论有一些了解，问：“为什么宇宙引力场也就是时空的别称？”作者回答：“爱因斯坦规定引力场等同于一个量，这就是19世纪数学家提出的度规张量。爱因斯坦采用度规张量这种最简单的做法使引力场得以具体化，这一点意义重大，并产生了深远的影响。在爱因斯坦之前，度规张量是一种纯几何量，它所表达的是如何确定空间中点与点之间的距离。爱因斯坦借用度规张量，以它来代表引力场，采用这种做法不可避免地会得出一项合乎逻辑的推论：如果你把引力场拿掉，那么在任何地方、任何时间，度规便等于零，但是空间本身的这种性质就不复存在了。”这也就是说，引力先于时空。

（主讲　梁文道）

《隐藏的现实》

引人入胜的平行宇宙之旅

布莱恩·格林（Brian Greene，1964— ），美国物理学家，理论物理学前沿理论“弦理论”的领军人物之一，也是一位国际知名的科普明星。另著有《宇宙的琴弦》《宇宙的结构》等。

有些物理学家的著作，让你觉得他们笔下的现实世界真比科幻小说还要复杂和离奇。

有一部美剧《生活大爆炸》非常火，讲的是几个科学宅男在一起闹出来各种笑话，剧情中也穿插了很多的科学知识。曾有一位真正的科学家在这部剧里客串演出过，和主角谢尔顿[1]演对手戏，而且有很多观众以为谢尔顿影射的就是这位科学家。影射的说法并不正确，因为这位科学家本人比谢尔顿有趣得多，他并不是一个书呆子，他就是布莱恩·格林。

[1] 谢尔顿·李·库珀（Sheldon Lee Cooper），别号“谢耳朵”，是美国情景喜剧《生活大爆炸》（*The Big Bang Theory*）中的一个智商高达187的物理天才。

布莱恩·格林在美国情景喜剧《生活大爆炸》当中客串出演的镜头

布莱恩·格林写过一本很有名的书《宇宙的琴弦》，并且被改编为纪录片[1]，由他本人担任导演和主持人。《宇宙的琴弦》讲的是弦理论，这是一种非常艰涩的理论假说，它试图弥合物理学界两大不兼容的系统——广义相对论和量子力学，找出一个能描述整个宇宙的万物之理。但该理论目前还没有被证实，而且很可能会失败。而布莱恩·格林有本事把这个难懂的理论介绍给广大读者和观众，使很多人觉得精彩好看。

这本《隐藏的现实》是布莱恩·格林的近著，中译本由科幻小说家、《三体》的作者刘慈欣作序。刘慈欣说："作为一个科幻迷，

[1] 这部纪录片叫作《优雅的宇宙》（*The Elegant Universe*），共三集。

在读此书时充满了阅读科幻小说的快感，但此书的想象力却远远超越了科幻，其宏大广阔和疯狂的程度是任何科幻小说所不及的。”的确如此，有些物理学家的著作，让你觉得他们笔下的现实世界真比科幻小说还要复杂和离奇。这么玄妙的世界，能用大众也能理解的语言写出来吗？刘慈欣说布莱恩·格林就有这个才能：“能够把最深奥和晦涩的理论用符合我们现实经验的语言描述出来，不仅能够为我们所理解，而且这些描述鲜活生动，富有美感。”

《隐藏的现实》这本书讲的是平行宇宙，即在我们的宇宙之外存在的别种模式的宇宙。作者提出九种不同的多重宇宙假说，对它们的描述都超乎我们的常识。但不必担心，好在作者非常擅长将晦涩的理论解释得易于理解，我们就来举个例子。爱因斯坦提过一个表面看来有点幼稚的问题：引力是如何发挥作用的？想想看，太阳和地球相隔1.5亿千米，这中间是真空状态，那么引力是透过什么传递的呢？爱因斯坦自己回答了这个问题：“空间本身就是引力的传播介质。”但这句话该怎么理解呢？我们看布莱恩·格林是这么解释的：

设想你在一个巨大的金属桌上玩弹珠。因为桌面是平坦的，弹珠会沿着一条直线滚动。但如果一场大火将这张桌子吞没，把它烤得凹凸不平，受到坑坑洼洼的桌面的影响，弹珠的运动轨迹就会截然不同。爱因斯坦证明，空间的构造也是同样道理。绝对的真空非常像一张平坦的桌面，物体的运动不受任何阻碍，勾画出一条直线。但是，物体的质量会影响空间的形状，有点像高温对金属桌面的影响。比如说太阳，在它周围产生一个巨大的突起，就像桌上烫出一个金属泡。而正是因为桌面发生弯曲，才导致弹珠的运动轨迹也发生弯曲，因此，太阳周围空间的弯曲使得地球和其他行星的轨道形成了现在的样子。

这就是引力，实际上它是空间弯曲现象。经布莱恩·格林这么一比喻，是不是就变得非常好懂了呢？

在九种多重宇宙假说中，最容易理解的是百衲被宇宙，它可以从现有的知识当中推论出来。在我们所处的半径约为410亿光年的整个宇宙中，构成宇宙的是有限数目的粒子，比如电子、质子、中子、光子等，它们的位置和速度的可能取值也是有限的。因此，粒子的排列组合方式虽然极多，但这个数字终归是有限的，于是由粒子排列组合构成的宇宙就可能出现重复现象，它们好像百衲被上图案相同的两块碎布。“就算你可以重新设计整个宇宙，尝试让每一块碎布都与你先前看到的那块不一样，但空间的范围大到一定程度以后，你必然会用尽所有不同的设计，而不得不重复利用前面用过的排列方式。”结果就是，可能在另一个重复排列的宇宙里会有另一个梁文道，他正在说：“今天的节目时间到了。”

（主讲　梁文道）